あの空が眠る頃

神奈木 智

幻冬舎ルチル文庫

CONTENTS ✦目次✦

あの空が眠る頃

✦カバーデザイン＝chiaki-k
✦ブックデザイン＝まるか工房

イラスト・六芦かえで✦

あの空が眠る頃

1

そんなこと言っても、あの空は消えないし。

ここから見る風景だって、失ってしまうわけでは決してないのに。

「……でも、なくなっちゃうんだよなぁ」

構えていた携帯電話を戻し、一枚も写真を撮ることなく岸川夏樹《きしかわなつき》は溜《た》め息をついた。その様子を姉の美秋《みあき》がすかさず見咎《みとが》め、「なぁんだ、結局撮らないんだ」と揶揄《やゆ》してくる。

「ま、空の写真なんかどれも一緒だもんね。まして素人《しろうと》が撮ったんじゃ」

「うっせぇよ、ボケ」

「何よ、ムカつく奴《やつ》ねぇ。人を、こんな寂れたデパートにまで付き合わせておいて」

美秋は温《ぬる》い風に舞い上がる長い黒髪と制服のスカートを左右の手で押さえ、思い切りしかめ面で文句を言った。

「〝買い物がある〟って言うから付いてきたのに、夏樹ってば売り場には見向きもしないでさ。何かと思えば、目的は屋上遊園地とはね。ていうか、こんなのまだあったんだ。ちょっとびっくりだわ。昭和の遺物って感じ」

「………」

「それにしても、見事に誰《だれ》もいないわねぇ」

呆れ半分、感心半分の呟《つぶや》きが、夏樹の耳を素通りしていく。

街で一番老舗《しにせ》のデパートの閉館が決まり、五階建てのフロアはどこもラストセールで久しぶりに賑《にぎ》わっていたが、屋上まではその熱気も伝わってはこなかった。

「あたしたちが子どもの頃《ころ》は、このデパートも華やかだったわよね。正面玄関に綺麗《きれい》なお姉さんが並んで〝いらっしゃいませ〟って微笑《ほほえ》んでさ、香水の良い匂いとマネキンの着ているドレスと、きらきらの照明が眩《まぶ》しかったなぁ。誕生日とクリスマスのプレゼントは絶対ここで買ってもらうんだって、一年がかりで欲しいものを考えたっけ」

「美秋は、ガキの頃から物欲の塊だったもんな」

「あんたは冷めたガキで、可愛《かわい》げがなかったわよね」

あっさりと言い返され、口では勝てないと早々に反論を諦《あきら》める。何しろ、敵は生まれた時から十七年分の自分を知っているのだ。年子とはいえ、弟の立場は非常に分が悪い。

(俺《おれ》と美秋は相変わらずだけど……ここは本当に変わっちゃったよな)

著名な一流百貨店とは、およそ比べ物にならない古びた建物。

気軽に都心まで遊びに出られなかった幼い頃は、この屋上遊園地が夏樹の楽園だった。

ぐるりと見渡せてしまう小ぢんまりした敷地内を、百円で動く機械仕掛けの動物たち。夏樹のお気に入りはシロクマで、跨《また》がってのろのろ行進しながら狩猟者気分を味わった。隅に作られたミニ牧場でヤギやウサギを撫《な》で、張り巡らされたレールをぐるぐる回る豆汽車にときめき、十秒もかからず一周してしまう馬しかいないメリーゴーラウンドは最後のお楽しみだった。あれもこれもと欲張る姉と違ってオモチャもお菓子もねだらなかったのは、買い物の後でここへ連れてきて欲しかったからだ。

「たった、十年ちょっと前なのになぁ……」

夏樹は、もう一度溜め息をついた。

先日、同窓会の打ち合わせで訪れた小学校も、たまたま近くを通りかかって立ち止まった幼稚園も、記憶にあるよりずっと古くて小さくてそれなりに夏樹を感慨に耽《ふけ》らせてはいた。だが、こんなに何度も溜め息をつきたくなったのはここが初めてだ。

「仕方ないわよ。駅前に大きなショッピングモールができたし、快速が通って都心まで二十分で行けるようになったんだもん。どうしたってくすんで見えるでしょ、こういう古いデパートは。この十年で、街もだいぶ変わったってことよ」

「わかってるけどさ」

「あんただって、閉館の噂《うわさ》を聞くまで寄りつかなかったじゃないの」

何をセンチなことを、と軽くいなされ、またもや返す言葉がない。

夏樹がそうであるように、閉鎖が決まるまでの数年間、客離れは深刻だったのだろう。下降線を辿《たど》る売り上げの中、子ども騙《だま》しの遊戯施設に手を入れる予算など組めるわけもない。

（それにしても……）

あまりの変貌ぶりに、改めて呆然《ぼうぜん》としてしまう。

下ろしたシャッターの錆《さ》びついた売店や、長年の雨風に晒《さら》されてまだらな人工芝。かつて牧場だった柵内は、今や雑草だらけで見る影もない。夏樹が夢中になった乗り物やゲーム機も、ペンキが剥《は》げたりあちこち欠けた状態のまま淋しく放置されていた。まともに動きそうなのはジュースの自動販売機くらいだが、ディスプレイにひびが入り、お釣りの受け取り部分が破損している。これでは、廃墟《はいきょ》と大した違いはない。

「タイムスリップして、百年も未来に来た気分だ」

夏樹の独り言に、ドライな美秋は「大袈裟《おおげさ》な」と言うように苦笑した。勝ち気な彼女は、たとえ弟の感傷に内心引きずられたとしても決して顔には出そうとしない。

「……夏樹。ねぇ、ちょっと」

「ん？」

「悪いけど、私はそろそろ帰るわね。もう四時過ぎだし、約束に遅れちゃう」

「約束……」

たちまち、夏樹の眉間《みけん》に不快な皺《しわ》が寄った。嫌なことを思い出した、と咎める目つきで見返すと、美秋はいくぶん大人ぶった表情で無言の抗議を受け止める。

「あんたは、どうせ来る気ないんでしょ？　母さんたちとの外食。いいわよ、私が適当に言い訳しとくから。その代わり、ご馳走《ちそう》食べてきても拗《す》ねないでよ」

「うん……悪い」

「まったく、いつまでたってもガキなんだから。言っとくけど、ずっとこのままってわけにはいかないんだからね？　母さんの立場も、少しは考えてあげなさいよ」

「……うん」

本当にわかってる？　と言いたげな瞳《ひとみ》が、こちらを探るように見つめていた。年の近い美秋とは恋人同士に間違われることが多々あるが、今だけは姉の顔になっている。夏樹は気まずく目を逸《そ》らし、「ちゃんとわかってるって」と拗ねた声で呟いた。

「ただ、今日はもう少しここに残っていたいんだ。せっかく来たんだし、閉鎖まであまり日がないみたいだから。その、上手く言っといてくれよ。他意はないって」

「他意はなくても、気にするだろうけどね。ま、いいわ。任せなさい。でも、あんまり遅くならないでよ。私たちも、二時間くらいで帰るからさ。いい？」

「了解」

「義父《とう》さんに、心配かけないようにね」

「………」

ダメ押しの一言に、思わず反発しそうになる。

別に、義父さんは関係ない。もう高校生なんだし、新しい家族に馴染《なじ》めないとか、そういう子どもっぽい想像はお門違いだ。第一、母さんが再婚して何年たつと思ってるんだよ。自分だけさっさと『話のわかる娘』になっちゃって、そりゃ説教もしたいだろうけどさ。

心の中で次々と生まれる文句は、けれど一つとして音にはできなかった。こんなことで言い争うなんて、それこそガキだとわかっているからだ。

「あ〜あ、九月になっても暑いなぁ。早く冬服に衣替えしたいのに」

夏樹の葛藤《かっとう》をよそに、美秋の関心はもう他へ移っている。二学期の中間試験まで制服の選択は自由だったが、彼女は冬のワンピースがお嬢様っぽいと気に入っているのだ。

「ねぇ、夏樹。あんたは冬服……」

「何？」

「………」

「何だよ、言いかけてやめんなよ」

「人がいる」

突然、視線を留《とど》めたまま呆《ほう》けたように彼女が言った。その声音に誘われて、夏樹も同じ方向を見る。少し遠目だが、暮れ始めた夕空を背景に一人のシルエットが目に入った。

「ほんとだ……」

「びっくりした。いつからいたのかな。フェンスの端に立ってて、気がつかなかったわ」

「学生みたいだな。制服っぽいし」

「あんたみたいな物好きが、他にもいたのね」

余計な一言は無視して、夏樹は正体を確かめようと人影を凝視する。物好き、と美秋が漏《も》らしたのも頷《うなず》けるような、ポツンとした佇《たたず》まいの学生だった。

(空……見てんのか?)

見たところ、年下か同学年くらいだろうか。まるで挑むような厳しい目つきで、微動だにせず空を見つめ続けている。物淋しい空間に違和感なく溶け込んだ風情《ふぜい》は、見事なほど存在を消していた。これなら自分たちが気づかないはずだと、妙な納得をしてしまう。

(でも、何をあんなに熱心に……)

雲か、鳥か——それとも飛行船?

あるいは、朱に染まる空そのものだろうか。

切り取られた写真を貼り付けたように、彼だけ時間が止まっている。そんな錯覚が破られたのは、風をはらんだ半袖《はんそで》のシャツがゆったりとはためいたからだ。袖口から伸びた腕に夏の名残《なご》りは欠片《かけら》もなく、眼鏡《めがね》の下の端整な顔立ちも日焼けとは無縁の白さだった。

「ね、あの制服って高徳院《こうとくいん》じゃない?」

「高徳院って、あの?」

「そうよ、間違いないって。だとしたら、エリートくんだわ」

県下でも有数の進学校の名前を口にして、美秋が好奇心たっぷりに囁《ささや》いてくる。無遠慮な物言いに夏樹は慌てて「しっ」と遮《さえぎ》ったが、だいぶ距離が離れていたので話し声が聞こえたかは微妙だった。

「ちょっと、何だか深刻な顔じゃないの。まさか、勉強のしすぎでノイローゼなんじゃないでしょうね。あの学校、東大・京大行かなきゃ落ちこぼれって言われてんのよ」

「もういいから、おまえ帰れよ」

「なによう」

弟から邪険にあしらわれた彼女は、不満げに唇を尖《とが》らせる。だが、無粋なおしゃべりに辟《へき》易《えき》しているとわかったのか、意外にあっさりと身を翻《ひるがえ》した。こういう聡《さと》いところは、我が姉ながら感心する。

「じゃ、お先にね。ばいば～い」

「あ……ああ、うん」

背中を向けたままひらひらと右手を振り、美秋はさっさと歩き出した。その姿が屋上から完全に消えるまで見送り、ようやく夏樹は息をつく。

（やれやれだ……）

本当は、一人で来たかったのだ。

誰にも邪魔されないで、気恥ずかしい感傷に浸りたかった。

（やっぱ、姉が同じ学校ってのは不自由だよなぁ）

美秋に罪はないが、放課後にばったり校門で一緒になったのがまずかった。好奇心旺盛《おうせい》な彼女はそそくさと立ち去ろうとした夏樹の態度に疑問を抱《いだ》き、半ば強引についてきたのだ。まさか、目的地が閉館間際のデパートとは思わなかったに違いない。

(あからさまに、がっかりしてたもんな。どうせ、女の子絡みだと思ったんだろうけど)

だけど、と夏樹は小さく胸で呟く。

誰にも打ち明けたことのない、遠い日の秘密。

姉でさえ知らない忘れ難い思い出が、ここにはひっそりと息づいているのだ。

それが、あとたった数週間で跡形もなくなってしまう。それを知った時、闇雲《やみくも》にここへ来たくなった。足は遠のいていたけれど、消えるなんて想像もしていなかったから。

(でも、貸切は無理だったな)

再び眼鏡の学生に視線を走らせ、仕方ないかと苦笑いをする。いくら寂れていても公共の場なのだし、誰がいようと個人の自由だ。幸い彼に連れはいないようだし、静かにしてくれているだけでも有難かった。

「やっぱ、写真でも撮っておくか」

一度は萎《な》えた気分が、一人になったことで蘇《よみがえ》る。折よく雲の隙間《すきま》から、夕陽が赤い染料のように染みてきた。九月の風は残暑を色濃く残しているが、空の色だけは着々と季節の衣替えを済ませつつあるようだ。

「よし……っと」

暮れきってしまわない内にと、夏樹は急いで携帯電話を取り出そうとした。しかし、強い視線を感じて思わず動きが硬直する。

おそるおそる、周囲を窺《うかが》ってみた。

先ほどの眼鏡の学生が、空から戻した視線で射抜くように見つめている。頑固に引き結ばれた唇が、涼しげな面差《おもざ》しをその一点だけで幼く見せていた。

「え……と……」

何だろう。俺、まずいことしたかな。

咄嗟《とっさ》に、夏樹はそんなことを考えた。遠目にもはっきりと、相手が非難の色を目に浮かべているのが感じられたからだ。

今どき流行《はや》らない細いフレームの眼鏡と、こざっぱり切り揃《そろ》えた真っ黒な髪。頭が小さいので全体のバランスは良かったが、百八十センチの夏樹より数センチは低そうだ。白の開襟《かいきん》シャツの襟《えり》に紺《こん》のラインが入っているのは、美秋の言った通り高い偏差値を誇る高校の生徒であることを物語っている。

(知り合い……なわけないな。俺、高徳院に友達なんかいないし……)

戸惑っている間に、彼がこちらへ向かって歩き出した。愛想の欠片もない仏頂面で、凜《りん》と背筋を伸ばした様子は武道の試合にでも挑むようだ。気圧《けお》され気味に立ち尽くしていると、数メートル先で静かに足を止めた。

「無駄だよ、そんなことしても」

唇が開かれ、冷たい声音がそう告げる。一瞬耳を疑ったが、眼鏡の彼は抑揚のない口調でもう一度くり返した。

「写真なんか撮っても、無駄だって言ったんだ」

「な、何だよ、おまえ……」

「さっきの彼女が言ったように、どれも一緒だろう。第一、どうするつもりなんだ。すぐに忘れて、後から見返したりしないくせに」

「…………」

夏樹は、空いた口が塞《ふさ》がらなかった。

偶然この場に居合わせた相手から、いきなり「無駄」と決めつけられるとは夢にも思っていなかったからだ。しかも、力強く言い切る姿には不思議な説得力まである。

「……俺たちの会話、聞いていたのかよ」

「風に乗って聞こえてきたんだ。盗み聞きしてたわけじゃない」

「だからって、おまえには関係ないだろう」

とにかく言い返さねばと、夏樹は腹にぐっと力を込めた。日頃、他人と口喧嘩《くちげんか》など滅多にしないし、まして相手は知らない奴なのでやたらと緊張した。

「無駄かどうか、そんなのは俺が決める。他人に指図される謂《いわ》れはないし、知ったかぶったご忠告なんか聞く義理はないね。そもそも、おまえに何がわかる……」

「閉館を知って、ここへ来たんだろう？」

「え？」

話を遮って、彼は問いかける。

「ここはずっと変わらずにあったのに、今まで思い出しもしなかったんじゃないのか？」

「それは……」

悔しいが、図星だった。何故《なぜ》だか罪悪感にかられ、夏樹は文句の先が言えなくなる。彼は嘆《なげ》かわしそうに眉《まゆ》をひそめると、視線を落として重たく息をついた。

「やっぱりな。そんなお手軽な感傷に浸ったところで、またすぐ忘れるに決まってる。それなら、写真なんか残さない方がいい。どのみち、写るのは残骸《ざんがい》だけなんだから」

「何で、おまえにそこまで言われなきゃなんないんだよ。第一、おまえは」

「俺が……何？」

挑戦的に睨《にら》み返され、またしても言葉を呑《の》み込んだ。地味なレンズの向こうから、たじろぐほどの強い眼差《まなざ》しが夏樹の胸を貫こうとする。目力、という言葉の持つ意味を、初めて感覚で納得した。

「何って……その……」

「…………」

「その、だから、さっきから何でも決めつけてるけどさ。俺が久しぶりにここへ来たとか、どうしておまえにわかるわけ？　あ、それも俺たちの話を聞いてたのか？」

何とか優位に立とうと詰め寄ったが、相手は返事もしないで目線を外す。無言の肯定に夏樹はますますムッとしたが、同時に面食らってもいた。大体、初対面なのに敵意をむきだしにされる理由が全然わからない。

「なぁ、俺、おまえに何かした？」

「別に」

降参とばかりに音を上げても、素っ気ない言葉が返ってくるばかりだ。ふて腐れたような横顔は、なまじ造作が整っている分、沈黙に圧迫感があった。

（くそっ、何なんだよ）

唐突に会話が途絶《とだ》え、苛立《いらだ》ちを含んで毒づいてみる。このまま立ち去ることも考えたが、シャクなので手近のベンチに乱暴に腰かけた。こちら側は隣在するビルがないので、正面にフェンス越しの空が広がってなかなかの絶景だ。視界はすでに朱から葡萄色《ぶどういろ》に変わっており、間もなく夜が訪れるだろう。

（変な奴……）

ベンチから無愛想な顔を見上げ、改めて彼との会話を反芻《はんすう》する。

見ず知らずの人間に批判されるのは心外だが、「お手軽な感傷」とは言い得て妙だった。確かに、大事な場所だと認識していながら日常にとりまぎれ、訪ねてみようなんて今日まで思いつきもしなかったのだ。

（閉館だって聞かなかったら、きっと何年たっても来なかっただろうしなぁ）

もしかしたら、眼鏡の彼にとってもここは大切な空間だったのかもしれない。

ふとそんな風に考え、夏樹はハッと相手を見つめ直した。

（マジで…そうなのか……？）

だから、片手間に写真を撮ろうとした夏樹を苦々しく思い、いきなり突っかかってきたのだろうか。一方的な物言いは不愉快だが、それならば納得はできる。

「おい、なぁ、あんた……」

「馴《な》れ馴れしく〝おまえ〟とか〝あんた〟とか呼ぶな」

横顔のまま、冷たい声が返ってきた。

「屋上遊園地は、午後六時までだ。もうすぐ、職員が鍵《かぎ》をかけに来るぞ」

「えっ」

「経費削減で、三年前に夜間照明は無くなったんだ。遊具も含めたら、電気代がバカにならないからな。昔は、営業時間ぎりぎりまでやってたんだけど」

「おまえ、詳しいな」

「だから！　馴れ馴れしい呼び方をやめろと言っている！」

「ふざけんな。馴れ馴れしいのは、そっちの方だろうが」

「え……」

思いがけない反撃を受け、相手が一瞬怯《ひる》んだ顔になる。彼は眼鏡の奥でぱちぱちと瞬《まばた》きをし、すぐ我に返ったように目を逸らそうとした。夏樹はすかさず口を開き、好機とばかりに畳み掛ける。

「初対面のくせに、こっちの事情にズカズカ意見しやがって。いいか、俺がどこで何の写メを撮ろうが、おまえには一切関係ない。迷惑もかけてない。余計な口出しは無用だよ」

「……ッ……」

「まして、俺がいつどういう理由で屋上へ出入りしようが大きなお世話だろ。ほっとけよ」

勢いよく立ち上がり、グイと顔を近づけた。言いたいことは全部吐き出したが、まだ何か言い足りない気がして仕方ない。

「ほっとけって……」

夏樹が苛々と言葉を探している間に、みるみる相手の表情が崩《くず》れ出した。瞬きをするたびに肌へ翳《かげ》が落ち、それを必死にごまかそうとしているのが見て取れる。だが、どうにも動揺を抑えきれないのか、やがて途方に暮れた目で後ずさろうとした。

「おい」

「…………」

「おいって」

得体の知れない不安にかられ、夏樹は無意識に右手を伸ばす。けれど、指先が相手の肩に触れる寸前、素早く身体《からだ》を引かれてしまった。

「……勝手にしろ」

再びきつい眼差しに戻り、彼はそのままくるりと背を向ける。物言いたげな唇は無理やり閉ざされ、夏樹は駆け出す背中を呆然と見送るしかなかった。

「な……んなんだよ、あいつ……」

まるきりわけがわからず、狐《きつね》につままれた気分になる。

一方的に難癖つけられ、反論するなり傷ついた顔をされ、挙句にたった一人で取り残された。確かに一人で閉館を偲《しの》びたいとは思ったが、そんな殊勝な気持ちもどこかへ吹き飛ぶ理不尽さだ。

六時を知らせる館内チャイムが、年季の入ったスピーカーからひび割れたメロディを流し始めた。どこか哀愁《あいしゅう》を帯びたその曲は、他に誰もいなくなった空間へ物憂《ものう》げに染みわたっていく。それは、まるで夏樹の苛立ちを静めるかのように、甘いサビの部分を何度もくり返すのだった。

「高徳院で眼鏡？　情報それだけ？」

ベッドに腰掛けた美秋が、小難しげに眉根を寄せる。

屋上遊園地で見知らぬ学生と奇妙な出会い方をしてから、二日が過ぎた夜のことだった。

「私、遠目でちらっとしか見てないからなぁ。その人、どんな顔してたっけ？」

「だから、さっきから何度も言ってるだろ。黒髪で前髪長めでダサ眼鏡で……」

「あんたより背が低くて、ひと回り細くて目力ありね。はいはい、そこはもういいから。ていうか、相手と話したんでしょ？　だったら、もうちょっと具体的な個人情報があってもいいんじゃないの？　せめて名前とかさ」

「いや……そういう空気じゃなかったっつうか……」

「ふぅん？」

もごもごと歯切れの悪くなる夏樹に、何やら微妙な心中を察したらしい。美秋はそれ以上は追求せず、偉そうに腕を組んだまま思案顔になった。

（う〜ん、やっぱ美秋に相談すんじゃなかったかな）

床に座ってCDの整理をしていた夏樹は、早まったかな、と少しだけ後悔する。

愛読している漫画の新刊を借りにきた美秋へ、ふとした気まぐれで話を振ってみたのだが思いの外《ほか》彼女の食いつきが良かったのだ。本当はすぐにも忘れてしまうつもりだったが、どうにも挑戦的な眼鏡の顔が焼き付いて離れなかったため、つい口に出してしまった。

「俺も友達に当たってみたんだけど、そもそも高徳院に知り合いがいる奴なんていないんだよ。そんで、美秋なら顔も広いしフットワークも軽いだろ。高徳院ならエリート校だから、合コンとかで顔を繋《つな》いでる女の子とかいるんじゃないかって」

「まぁ、そりゃ友達にいないとは言わないわね」

「え、マジ？」

「だけど、直接眼鏡くんを知ってる子はいないんじゃないかなぁ。彼、どう見ても合コンに参加するようなキャラじゃなかったし。とにかく地味な子だったよねぇ」

「バカ言え。あいつ、けっこう顔良かったぞ」

何となくムッとして、庇《かば》うような口を利いてしまう。それから慌てて（何、言っちゃってんだよ）と自分にツッコんだ。彼が端整な顔立ちだったのは事実だが、あの不躾《ぶしつけ》な態度は思い出すだに腹立たしい。

「何よぅ、そんなにじっくり顔を見ていたわけ？」

毛先を指でくるくる巻きながら、美秋が冷やかすように笑った。

「あんたがそこまで言うなら、私もちゃんと見とけば良かったなぁ」

「べ、別に、たまたま目に入ったっていうか……」

「嫌だ、マジで照れないでよ」

焦って言い訳する夏樹へ、呆れた声が返ってくる。だが、見慣れぬ弟の態度に俄然《がぜん》興味が湧《わ》いたらしく、彼女は黒目を輝かせながら身を乗り出してきた。

「いいわ。眼鏡くん、探してあげる」

「顔がいいって聞いた途端、やる気出すなよ」

「悪い？　女の子ならいざ知らず、あんたが男の顔を褒めるなんて初めてだもん。もし本当にイケメンなら、頭良し顔良しの優良物件じゃないの」

「あのなぁ……美秋のカレシ探しじゃないんだぞ」

余計な情報を与えちゃったな、と苦々しく思う夏樹をよそに、美秋はお構いなしで自分の携帯電話を取り出した。俄《にわ》か探偵を気取った彼女は、「最初から、思いつく限りの特徴を言って」と有無を言わさぬ口調で迫る。

「だから、まず、髪が真っ黒でさらさらだった」

「ああ、夏樹は赤茶っぽくてナンパだもんね」

「うっせ。あとは……えっと、背丈は俺よか五センチは低かったな。つまり、百七十五くらいか？　身体つきもひと回りは細くて、目つきは眼鏡越しでもわかるほど冷ややかで、取っ付き悪そうに見えるけど案外ガキっぽい表情をする時もあって……」

「…………」

いつしか相手が沈黙しているのも気づかず、語る声に熱がこもり出していた。少ない時間で自分が感じた印象を、全《すべ》て言葉にしなくては気が済まなくなる。呆気《あっけ》に取られる姉をよそに、夏樹は熱心に話し続けた。

「大体は取り澄まして憎たらしいんだけど、こっちを睨む目には感情が溢《あふ》れてたさ。そういう意味では、すっげぇわかりやすい奴かもしんない。あ、それと育ちが良さそうな感じがしたな。雰囲気に品があるっていうか、すれてない。姿勢も良かったし、物怖《ものお》じしないし。あのダサ眼鏡さえ何とかすれば、エリート好きな女子が喜んで寄ってきそうな……」

「つまり、あんたとは正反対ってことね」

「何で、そうなるんだよ」

「姉の贔屓目《ひいきめ》ぬきでも、夏樹は女の子受けの良いルックスだけど……雰囲気がガサツで、どこまでも庶民的でしょ？　間違ってもエリートじゃないし」

「う……うっせぇなっ」

身内なだけに、遠慮の欠片もない物言いに少し傷つく。

実際、夏樹はそこそこモテる方だった。明るいルックスに人懐こい性格は、大抵の相手から好感を抱かれる。ただし、人気はあっても友達どまりで、その先に進展することは滅多になかった。従って前のカノジョと別れてから二年、不本意ながらフリーに甘んじている。

「もったいないわよねぇ。あんたにも、もうちょっと奥行きというか、ミステリアスな部分があればハマる子も出てくるのに。夏樹、全部顔に出るもんね。感情ダダ漏れ」

「あのな……」

正直は美徳だろ、と空《むな》しい反論を夏樹はグッと堪《こら》えた。美秋は残念そうな顔つきで、そんな弟の顔を眺めている。「素材は悪くないのよね」と、その目が言っていた。

確かに、先ほど述べた眼鏡の彼と夏樹は実に対照的だ。

伸びやかに成長した真っ直ぐな手足と、不揃いなカットが似合う野性的な容姿。そのくせ表情や目の色に繊細な翳が滲《にじ》むので、見た目ほど雑な印象は与えない。屈託のない笑顔や粗雑な言動も、ガキ大将がそのまま大きくなったような朗らかさがある。

「まぁ、首尾よく眼鏡くんが見つかって、あんたと並んだら愉快かもしれないわ」

「は？」

「面白いコンビになりそうだって、言ったのよ。時間はかかるかもしれないけど、友達にいろいろ訊《き》いてみる。あんたが男の行方《ゆくえ》を捜してるとか、ちょっと意外だったしね。まさか、一目惚《ひとめぼ》れしたってんでもないだろうし」

「話を変な方向へもってくなっ」

真に受けてムキになる夏樹に、またもや美秋が眉をひそめた。

「単なる冗談でしょ。何、慌ててんのよ」

「え……や……」

「…………」

「どうぞ……よろしくお願いします……」

迫力負けして頭を下げると、頭上で「ほほほ」と女王様笑いが聞こえる。やっぱり、こいつに頼るんじゃなかったと臍《ほぞ》を噬《か》んだが、もう後の祭りだった。

「よろしくてよ、セバスチャン。わたくしに、冷たい麦茶を運んできてちょうだい」

誰がセバスチャンだよ、と心で毒づいたが、麦茶一杯で済むなら安いものだ。

夏樹は渋々と立ち上がり、これも全てあの眼鏡のせいだと八つ当たりをしたのだった。

2

ごめんね、夏樹。

ここから動いちゃ、ダメだからね。お母さん、すぐ戻って来るから。

すぐ戻るから——待ってるのよ。


「は……」

目を開いた時、一瞬どこにいるのかわからなかった。

息苦しいほどの淋しさと途方に暮れた想いを抱《かか》え、夏樹はベッドの中でギュッと全身を丸めてみる。胎児のように小さくなると、脳裏《のうり》を遠い記憶が掠《かす》めていった。

「…………」

そうだ、と長く息を吐く。

もう、あれは終わったことだ。

自分は今高校生で、母親と姉と義父の四人家族になっている。平凡な日常、平和な学園生活。勝ち気な姉と気のいい友人、それから専業主婦の母親とサラリーマンの義父。何の波乱も破綻《はたん》もない、幸せで平穏な毎日だ。

『ここはずっと変わらずにあったのに、今まで思い出しもしなかったんじゃないのか?』

ふと、眼鏡の学生に言われたセリフが蘇《よみがえ》った。

お手軽な感傷ならやめろ、と睨まれ、言い返せなかった言葉が喉《のど》までこみ上げる。

「違う……感傷なんかじゃねぇよ。あそこは俺の……」

ひどく心細くなって、何かに縋《すが》ろうと右手を伸ばしてみた。

一人部屋で他に誰もいないのに、無性に誰かに手を握ってほしかった。

「何も知らないくせに……」

空しく空を摑みながら、夏樹は目を閉じて夢の残骸を追い払った。


美秋に頼みごとをしてから、数日が過ぎた。

まだこれといって身元がわかるような情報は入ってこなかったが、夏樹は妙に気になって連日屋上遊園地へ足を運んでいる。閉館まであと十日足らずだというのに相変わらず人気はなく、惜しむ人もいないのかと侘《わび》しい気持ちに浸って夕暮れまでを過ごした。

「来ないなぁ……」

もしや、と一縷《いちる》の望みをかけてみたが、あれ以来眼鏡の彼は現れない。別に会えたからって話があるわけでなし、また嫌みを言われるだけじゃないかと思うのだが、小さな棘のようにちくちく引っかかって記憶から抹消できないのだ。もし美秋が彼の正体を調べてきたら、直接高徳院まで出向いてみようか、とさえ思い、いやいやそこまでしたらストーカーみたいじゃないかと自分に引いてしまったりもした。

「ま、ここで会えるのが一番無理ないんだけど」

とうとう休日まで来ちゃったよ、と苦笑しながら、フェンス越しに空を眺める。

今日は土曜日だったので昼間は友人と都心へ買い物に出かけ、午後からは女友達のグループと合流して遊ぶ予定だった。だが、何となく気が乗らなくなって夏樹だけ途中で抜けてきてしまったのだ。一人欠けると男女の数が合わなくなると非難ごうごうだったが、腹痛だとか適当にごまかしてさっさと地元へ戻ってきた。でも。

「やっぱ、侘しく今日も俺一人か」

陽の落ち始めた秋の夕空に、溜め息が淋しく滲んでいく。ごくたまに人目のない場所を探して若いカップルがやってきたりはするが、さすがに週末ともなれば賑やかな遊び場へ向かうのだろう。自分もあのまま残っていれば今頃はカラオケボックスにでも行って、可愛い女の子とデュエットなんかしていたかもしれない。

「何、やってんだろうな、俺」

バカなことをしている、と自分でも思う。

けれど、この屋上遊園地に残された時間はあと僅《わず》かだ。取り壊されたら、それこそ彼と話すチャンスは無くなってしまう気がする。美秋の働きで連絡先はわかるかもしれないが、もし自分と同じようにこの場所に特別な思い入れがあるのなら、やっぱり偶然の出会いをもう一度期待してしまう。

「お手軽な感傷……か……」

雨の染みが目立つ、コンクリートの床。ここを走り回っていた子どもの影は、もうどこにも見当たらない。はしゃぐ笑い声も、胸の弾む音楽も、かつてはこの空の下で泉のように溢れていた。そこには、確かに幼い日の夏樹もいたのだ。

ごめんね、夏樹。

すぐ戻ってくるからね。

「……帰るか」

これ以上、一人でいたらろくでもない思い出に浸りそうだ。

下界の喧騒も売り場のざわめきもまるきり遠い世界の出来事で、普段よりもよく響く自分の声だけが帰り道を示してくれる。

ああ、でも今日は土曜日だ。

義父さんが、休みで家にいる日じゃないか。

そう思った途端、溜め息が情けなく零《こぼ》れ落ちた。両親は遊びに出て帰宅の遅い子どもたちを待つ間、二人で仲良くリビングでテレビを観ているんだろう。目に浮かぶようだ、あの人たちは仲がいいから、と微笑ましく思う反面、夏樹の心はどんどん頼りなくなっていく。絵に描いたような一家団欒《だんらん》の光景に、自分だけが異物な存在だと感じてしまうからだ。

あの場所に、あの人たちに、俺は全然似合っていない。

そんな得体の知れない不安が押し寄せ、ひどい疎外感に悩まされる。打ち明けたことこそないが、美秋にはそういう感覚はないのだろうか。

「あるわきゃないか。あいつ、早々に懐いてたしな」

母親が義父と籍を入れた日から、「お義父さん」と呼べた娘だ。たった一つしか違わないのに、夏樹には彼女がずいぶん大人に思えた。その一件があるから、今も頭が上がらない。

「俺は、ぜんっぜんダメだなぁ」

「暗い奴だな。一人ぼっちでダメ宣言か」

「……え？」

「ダメな奴なのは、公言しなくても知っている。それ以上、自虐《じぎゃく》に走るな」

「お……お、お、おまえっ」

愛想のない声が耳に入り、夏樹は狼狽《ろうばい》して振り返った。思った通り、眼鏡の彼が変わらぬ仏頂面で立っている。今日は私服だったが、さして制服と差のない白のシャツと質素なチノパンで、およそ着る物に無頓着《むとんちゃく》な性格が窺い知れた。

「おまえと呼ぶのはよせと、この前も言っただろう。ちゃんと名前があるんだから」

「や、名前……知らねぇし」

「………」

「あ、教えてくれんの？　偉そうに言うからには、教えてくれるんだよな。そしたら、俺も名前で呼んでやるよ。呼び捨てでも、〝くん〟づけでも」

「人に名前を尋《たず》ねる時は、自分が先に名乗るのが礼儀じゃないか？」

夏樹の勢いに面食らっていた彼は、ようやく負けん気を思い出した顔になる。その様子が可愛くて、夏樹はつい笑いそうになってしまった。まるで、必死に虚勢を張っている子どものようだ。そう思うと、きつい目つきで睨まれても気にならなかった。

「自分からか……そりゃそうだよな、悪かった。俺は岸川夏樹。穂高西高《ほたかにしこう》の二年で、家は池《いけ》波町《なみちょう》三番地。委員会、生徒会の所属なし。元気な万年帰宅部ってとこ」

「きしかわ……なつき……」

「ああ。季節の夏に樹木の樹。夏生まれだから」

「夏樹……」

音の響きを味わうように、彼の唇がゆっくりと名前を反芻する。その仕草が妙に艶《なま》めかしくて、浮かれていた夏樹はドキリと不埒《ふらち》な鼓動を刻んでしまった。

「俺は安藤《あんどう》だ。安藤信久《のぶひさ》」

「え……？」

「え、じゃないだろう。俺の名前、知りたかったんじゃないのか」

「あ、や、名前、そう名前か。うん、安藤。安藤信久。よし、覚えた」

「何を焦ってるんだ……」

動揺を悟られまいと懸命な姿に、信久は却って不審を募らせたようだ。しかし、君を見てドキドキしましたとは、まさか言えるわけがない。先日、美秋に「一目惚れ」と揶揄されたことまで思い出し、夏樹は居たたまれない気持ちになった。

「えーと、じゃあ……安藤……くん」

「別に、呼び捨てでいい。俺も、岸川と呼ぶから」

「そ、そっか。そんじゃ、安藤」

「何？」

「…………」

「何だと訊いてるんだ。さっきから変だぞ、岸川」

まるで昔馴染みに話しかけるように、ごく自然に彼が名前を口にする。そのことに微《かす》かな照れを感じながら、夏樹はようやく平静を取り戻した。

「あのさ、今日はどうしてここに？　せっかくの土曜日なのに」

「その質問は、そっくりそのまま返す。岸川こそ、どうしているんだ」

「俺は、だって、あれから毎日来てるし……」

「毎日？　どうして？」

心底驚いた、と言うように、眼鏡の奥で目が見開かれる。黒目が大きいんだな、だから可愛く見えたのか、等々、関係のないことに思考が逸れていく夏樹を、信久の険しい声が現実に引き戻した。

「本当に、毎日ここへ来てたのか？　冗談でなく？」

「いや、だってさ……おま……じゃない、安藤が思わせぶりに帰ったりするから、何か気になっちゃって。あんな意味深な態度取られたら、スルーできないだろ」

「だからって、毎日なんて……」

「安藤に、また会えるかもしれないし」

「…………」

「実際、こうして本当に会えちゃったろ」

些《いささ》か得意になって、夏樹は笑った。

「それに、もうすぐここは閉館だ。誰かさんに〝お手軽な感傷〟なんて怒られたから、意地になった。ほとんど、気分はお百度参り」

「バカ……じゃないのか？」

「あ、ひってぇな。最初の感想がそれかよ？」

憎まれ口を叩かれても、この前とは違って不思議と腹が立たない。それは、信久の目から警戒の色が失せているからだ。よもや、自分の一言で夏樹が行動を起こすとは予想していなかったのだろう。その事実をどう捕えていいのか、困惑しているのがありありとわかる。

「俺がバカなら、安藤も同類だろ」

フンと偉そうに腕を組み、夏樹は勝ち誇った顔で言った。

「こんな何もない寂れた場所に、また一人でやってきたんだからさ」

「お、俺は違う。ただ……」

「何か、理由があるのか？　特別な思い入れとか？」

すかさず問いかけると、決まりが悪そうに黙り込んでしまう。性急すぎたか、と一瞬心配になったが、今日の沈黙には感情があった。

思いがけない夏樹との再会や、踏み込んだ会話から生まれる戸惑い。そんなものが、じわじわと信久の心を動かしているようだ。険の取れた表情を見つめながら、夏樹は（待ち伏せた甲斐《かい》があった）と、深い満足感を得ていた。

少なくとも、信久に嫌われているわけではなさそうだ。初対面の態度は謎《なぞ》だが、あれにも彼なりの理由がきっとあるに違いない。それがわかっただけでも、大収穫だった。

「俺は、あるんだけどな」

「え？」

「特別な思い入れ。この屋上遊園地は、俺にとってちゃんと意味のある場所なんだ」

「岸川……」

「もちろん、愛着だってあるよ。安藤には、そう見えなかったと思うけど」

閉館の話を聞くまで寄りつかなかったのだから、説得力には欠けるかもしれない。そんな風に思っていた夏樹だが、意外にも信久は「わかるよ」と同意してきた。

「ごめん、岸川。この前の発言は撤回する」

「え……」

「思い入れがあるからって、通わなきゃいけないわけじゃない。心に留《とど》めておいたから、噂を耳にしてすぐ足が向いたんだろう？　そんなの、わかっていたんだ。でも、ちょっと拗ねた気分になっていて……それで、岸川に八つ当たりした。ごめん」

「安藤……」

驚くほど素直に謝られて、すっかり調子が狂ってしまう。最初は何て奴だと思っていたのに、短い会話の中でどんどん印象が変わってくる。

「――でも」

弾《はず》んだ気持ちに水を差すように、フイと信久が横を向いた。

「岸川には、何だか似合わないと思う」

「何が？　ここが？」

「一人っきりで、こんな寂しい場所に日参するなんて。俺なんかと違って、陽気で友達も多そうだし。この間も、可愛い女の子と一緒だったじゃないか」

「可愛い女の子……」

もしかしなくても、それは美秋のことだろうか。

唐突に夏樹は可笑《おか》しくなり、すぐには否定せずフェンスへ寄りかかった。カノジョに間違われるのはしょっちゅうだが、信久が誤解していると思うと妙にこそばゆい。

（そっかぁ。カノジョ連れで来てると思われてたのか）

やたら喧嘩腰だった理由の一つは、その辺にあったのかもしれない。さぞ、ナンパで軽い奴に見えたことだろう。もともと「遊んでいる」風に思われるルックスなので、潔癖《けっぺき》そうな信久が嫌悪《けんお》したのも無理はなかった。

（そりゃ、イチャイチャしたくてやってきた、とか誤解したかもな）

こちらが何も言い返さないので、信久は段々居たたまれなくなったらしい。意を決して夏樹に向き直ると、「何か言いたいことは？」と挑戦的に睨みつけてきた。

「黙ってニヤニヤしてないで、何とか言ったらどうなんだ。本当に嫌な奴だな」

「安藤こそ、どうしていつも喧嘩腰なんだよ。高徳院っつったら、偏差値高いんだろ。優等生なんだから、もう少し理性的に話ができないのかよ」

「がっ、学校は関係ないだろうっ」

「頭いいのは事実だろ?」

「……岸川は理屈っぽい」

憤然《ふんぜん》とする顔が、和《なご》んでしまうほどあどけない。見かけは決して幼くはないのに、ふとした時に見せる信久の表情は、まるきり無防備な子どもだった。

こういう浮世離れした男は、どんな風に女の子を口説くんだろう。

新たな興味を抱いた夏樹は、無意識に組んでいた腕を解いていた。もっと、信久のいろいろな顔が見てみたい。そんな欲望が、どんどん膨らんでいく。

「あのさ、さっき俺のことを〝陽気〟とか言ってたけど」

「それがどうした?」

「いや、安藤だって怖い物知らずなんじゃねぇ?」

「俺が? どうして?」

心外だと言わんばかりに問い返され、苦笑を堪えて夏樹は答えた。

「だって、いきなり俺に文句つけてきたじゃないか。普通、見ず知らずの相手にあれはないだろう? 自分が、第一声で何て言ったか覚えてねぇの?」

「それは……」

ひょいとからかうように顔を覗《のぞ》きこむと、信久が憮然《ぶぜん》とした様子で言葉に詰まる。それから、夏樹との距離が急に近くなったのに急に気づき、慌てて後ろへ下がろうとした。

「まぁまぁ、そう逃げるなって。別に、脅《おど》してるわけじゃないんだから」

「だ、だけど……怒っているんだろう？」

「ん？」

「写真なんか無駄だって……俺が、撮るのを止めさせたから」

「…………」

「でも、本当のことだから」

あくまで引かないと決めたのか、その目は何が悪いんだと言いたげだ。

頑《かたく》なな信久の態度に夏樹はしばし逡巡《しゅんじゅん》し、仕方ないな、と嘆息した。誤ったイメージを持たれても普段なら受け流せるが、何故だか彼には誤解されたままでいたくない。会ってまだ二回目の相手に理解しろと言う方が無茶だが、でも手を抜きたくないのだ。

「安藤が腹を立てたのは、俺が冷やかし半分でここに来たからか？」

「そう……なのか？」

「いや、違うよ。冷やかしとかじゃない。ちゃんと説明させろ。いいか？」

真っ直ぐに見つめ返し、返事が聞けるまで根気よく待った。

やがて信久が眼鏡の鼻当てを押し上げ、おずおずと頷く。

「よし。じゃあ、日も暮れてきたことだし手早く話すな。あ、その前に」

「え？」

ふと目に入った自販機に向かい、夏樹はさっさと歩き出した。面食らったように「どこ行くんだよ」と声がしたが、目的がわかったのか信久もおとなしくなる。時間が錆びついてしまった空間で、唯一現役の機械から冷たいサイダーの缶が二つ転がり出てきた。

「奢《おご》ってやるよ。炭酸、嫌いじゃなかったら」

「あ、ありがとう……」

「多分、今年最後のサイダーだ。寒くなったら、外で飲む気しないもんな」

「俺は好きだよ……サイダー」

差し出した缶を丁寧《ていねい》に受け取り、信久が小さく呟く。あんまり儚《はかな》い響きだったので、夏樹は一瞬空耳かと思った。それが、彼との間で初めて成立した共感だった。

「うわ、今日の空は紺色だな。夜になったら、星がめっちゃ綺麗に見えるぞ」

「そうだな。ここから眺める空が、一番表情がよくわかる。微妙な色のグラデーション、鳥のシルエットの濃さ。ずっと見ていても飽きないよ」

「ポエマーだな、安藤は。あ、からかって言ってんじゃないぞ」

「岸川は、言葉が雑すぎる」

素っ気なくあしらわれ、それでも並んで見上げる黄昏《たそがれ》はなかなかだ。二人を包み込むように薄い雲が広がり、夏樹は不思議と心が凪《な》いでいた。

「安藤が言ってた通り、俺は閉館の話を聞くまでここの存在を忘れていたよ」

「…………」

「でも、だからってどうでもいいって思ってたわけじゃないんだ。その点も、さっきおまえが言った通り。常に意識はしてなかったけど、大事な場所だってのに変わりはない」

体勢を変えてフェンスに背中を預け、真上の空を夏樹は仰《あお》いだ。

「やっぱり、無くなっちゃうのは淋しいよ」

「うん……俺も」

同意の声音には、信久自身の想いが重ねられているようだ。

夏樹は心強くなり、ゆっくりと視線を傍《かたわ》らの彼へ移した。

「俺、ここで捨てられかけたことがあって」

大丈夫だ。声は震えていない。

自信を持って話していい。

「まだ小学校に上がる前だったんだけど、ちゃんと覚えてるんだよな。俺、ここが大好きでさ。当時は、何かっていうと母親にせがんで屋上遊園地で遊ばせてもらってたんだ」

「……うん」

「あの日も同じで、ちょうどあそこの……」

信久と初めて会った日、自分が腰かけたベンチを指差した。

「あのベンチに、一人で座らせられたんだ。今みたいに、サイダーの缶渡されてさ」

「…………」

「俺には姉がいるんだけど、彼女はその日留守番《るすばん》してて、今でもそのことは知らない」

「岸川……」

何も、言葉が浮かばないのだろう。信久は困惑した顔を隠しもせず、手の中で冷えた缶を握り締めている。夏樹は視線を過去に留めたまま、遠い光景を懐かしむように微笑んだ。

「何か、ごめんな。よく知りもしない相手に、いきなり自分語りしちゃってさ。迷惑なら、正直に言っていいよ。そんなに愉快な話じゃないし」

「迷惑なんかじゃないよ」

間髪を容《い》れずに首を振り、信久もフェンスへ凭《もた》れ掛かった。ガシャン、と金属音が散って、すぐにまた沈黙が訪れる。炭酸の弾ける微かな音色が、空気を心地好《よ》くしてくれた。

「話しなよ、岸川。俺に説明してくれるんだろう？」

「……サンキュ」

素直に礼を言うと、信久はわざとらしくしかめ面を作り、ごくごくとサイダーを飲んだ。喉の隆起に思わず見惚《みと》れ、夏樹は気まずく目を逸らす。細い首に浮いた筋や、缶に触れる唇の色が、やたらと扇情的《せんじょうてき》に映って後ろめたかった。

「岸川？　どうかしたか？」

「や……ごめん、何でもない。えっと、まぁそういうわけでさ」

「うん」

「結局、すぐに後悔した母親が戻ってきて俺は捨てられずに済んだ。でも、五歳のガキには待っている時間がすげぇ長くてさ。そりゃもう、不安で一杯だったわけ」

速まる鼓動《こどう》の理由がわからず、夏樹の戸惑いはどんどん深くなる。だが、そんな心境など知らない信久は、小難しい顔のまま尋ねてきた。

「どうして、捨てられたってわかったんだ？」

「それは……」

瞼《まぶた》に浮かぶ光景に、少しだけためらいが生じる。けれど、向けられた真摯《しんし》な瞳は何より夏樹を安心させた。大丈夫、あれはもう過ぎたことだ。そんな心の囁きに背中を押され、思い切って口を開いてみる。

「泣いてたんだ、母親が。俺に向かって、何度も何度も謝りながら」

言葉にした瞬間、当時の記憶がより鮮明になった。

夏樹はきしきしと痛む胸を押さえ、耳に蘇った母親の声を追いかける。

『ごめんね、夏樹』

ひんやりとしたサイダーの缶が、小さな両手を占領する。幼い夏樹が中味を零さないようにと苦心する様を見ながら、彼女は涙を溜めた目でそう言った。

『ここから動いちゃ、ダメだからね。お母さん、ちょっと御用を済ませてくるから』

『うん』

『すぐ戻ってくるから、いい子で待ってるのよ』

『わかった』

張り切って頷く小さな頭を、母親は何度も何度も愛おしげに撫でる。戻ったら、夏樹の大好きな豆汽車に乗ろうね。最後にそんな約束をして、彼女は逃げるように走り去った。

お母さん、早く戻ってきてね。ぼく、いい子で待ってるからね。

今でも、撫でられた手の温度を覚えている。

母親の涙も、潤《うる》んでいた声も。

「……それで？　岸川は、どれくらい待ったんだ？」

「デパートの閉店時間まで。多分……三時間くらいはたっていたんじゃないかな」

「五歳の子どもを、三時間も置き去りか。とんでもないな」

口にしてからハッと表情を強張《こわば》らせ、彼は「……ごめん」と申し訳なさそうに呟いた。でも、まるで目の前でたった今起きた事件のように憤《いきどお》る信久に夏樹はだいぶ救われる。やっぱり彼に話したのは間違いじゃなかったと、安堵《あんど》がじんわりと胸を包んだ。

「だいぶ大きくなってから知ったんだけどさ、あの頃の俺んちってシャレになんないくらい大変な状況だったんだよな。父親が借金残して死んじゃって、六歳の姉と五歳の俺を抱えて母親はぼっちになっちゃって。双方の親はとっくにいないし、お互いの親戚《しんせき》づきあいもほとんどなかったから、頼る人もいなかったらしい。もともと、家族の縁が薄いって言うか」

「………」

「間の悪いことに、母親自身も病気で入院の必要があったんだと。八方塞がりでどうしていいかわかんなくて……だから、魔《ま》が差したんだろうと思う。賑やかなデパートの屋上遊園地で、幸せそうな家族連れとか目の当たりにしてさ。いろいろ、思い詰めちゃったんだろうな。そういうことって、誰にでも起こりうるじゃないか。母親が特別悪人なわけじゃない」

「物分かりがいいんだな」

「だって、今更文句つけたってしょうがねぇじゃん」

皮肉でも嫌みでもなく、ストレートにぶつけられた言葉に苦笑が浮かぶ。信久は、本気で感心しているのだ。口先だけでない労《いた》わりの気持ちが、夏樹の胸へ真っ直ぐ染みてくる。

夏樹は、急に猛烈な気恥ずかしさに襲われた。

自分が悲劇の主人公気取りに映ってやしないかと、いらぬ焦りに狼狽する。信久は決してそんなこと思わないだろうに、ごまかすようにサイダーの残りを飲み干した。

「あのさ、俺の話にはまだ続きがあって」

「え？」

眼鏡の奥で、何度か彼が瞬きをした。どうやら、驚いた時の癖《くせ》のようだ。

「もし、母親に捨てられかけたってだけで話が終わってたら、俺も二度とここへ寄りつこうとはしなかったと思う。だって、できれば忘れたい記憶じゃん」

「そうだな……」

「だけど、俺は一人きりじゃなかったから」

フェンスに指をかけ、夏樹は自慢げに笑ってみせる。

信久は黙ったまま、どういうことだと無言で先を促してきた。

「ずっとさ、俺の隣に座ってた子がいたんだよ。母親を待っている間、俺に付き合ってくれていた。そうだな、少し年上だったかもしれない。俺より背が高くてしっかりしてて、口調もお兄さんっぽかった。子ども心に、すっごく安心したんだよなぁ」

「お兄さん……」

「だから、姉と喧嘩するたびに思ったよ。彼が、本当のお兄さんだったらなぁって」

空の缶を弄《もてあそ》びながら、夏樹は無人のベンチへ優しく目を向ける。

色の禿《は》げたみすぼらしい木製ベンチは、確か当時は鮮やかな緑色だった。その上に幼稚園のスモックを着た夏樹が座るのを見て、その子は「チューリップが咲いてるみたいだね」と声をかけてきたのだ。君の服が黄色だから、葉っぱの緑と揃ってるよ。

『お母さんが、戻ってこないの？』

心細さから半べそになっていた夏樹へ、彼はおっとりと尋ねてきた。

『泣かないで。僕が、一緒に待っててあげるから。もし、うんと待ってもお母さんが戻ってこなかったら僕が探してあげる。大丈夫だから、泣かないで』

『……ほんとう？』

『うん。だから、それまで僕とお話ししていよう？』

大人びた口を利き、その子はちょこんと隣に腰かける。そうして、不安がる夏樹を励《はげ》ますようにギュッと手を繋いできた。握り締める手の強さが、たちまち夏樹の涙を引っ込める。一人ぼっちじゃないんだと、深い安心が笑顔を生んだ。

幼い二人は夕暮れの空を見上げながら、いつまでも互いの手を離さなかった。

「どれくらい、そうしていたかなぁ。何せ、子どもの感覚だからな。でも、あの時の俺には永遠に近いくらいの時間だったと思うんだよ。黙って手を繋いで、地面から浮いた足をぶらぶら揺らして。それだけなのに、ちっとも退屈しなかった」

当時を懐かしんで目を細め、夏樹はもう一度微笑んだ。

取り残された不安が、嘘《うそ》のようにかき消えた瞬間。通り過ぎる大人たちは、あまりに二人が楽しそうにしているので、まさか置き去りにされているとは思わなかったのだろう。それくらい、夏樹は安心しきっていた。

「不思議なんだけど、〝何があっても大丈夫〟って気がしたんだ。俺の姉は気が強くて昔からしっかり者だったけど、やっぱり女の子だからいざって時は俺が守ってやんなきゃ、なんて気負ってた。でも、そういうのとは全然違う。もっと無理がなくて自然な感じ」

「よっぽど、波長が合ったんだな」

「波長？　そうかな？」

「非常事態だったし、その子が頼もしく見えたとか」

「それは、あるかもしれないけどさ……」

意外にクールな反応に、少しだけ拍子抜けする。信久は凭れていたフェンスから身体を起こすと、険しい顔つきでこちらを振り返った。

「それで？　その子はどうしたんだ？」

「どうしたって……？」

「その後だよ。お母さん、戻ってきたんだろう？」

「……覚えてない」

「…………」

申し訳なさそうに白状すると、信久は呆れたように溜め息をついた。けれど、本当に覚えていないのだ。あんなに心が通い合っていた相手なのに、彼がいつどうやって自分から離れたのかまるきり思い出せなかった。

「すっかり暗くなって、閉店の音楽が鳴り出してさ。ほら、あの頃は屋上遊園地も営業時間ギリギリまでやってたから。さすがに待ちくたびれて、ちょっとうとうとしたんだよな。その時、足元に置いたサイダーの缶が風で倒れて俺は慌てて目を開いた。で、〝いけない〟と思ってベンチから飛び降りて……」

「………」

「次の瞬間、俺を呼ぶ声がしたよ。振り返ったら、後悔した母親が血相変えて駆け戻ってきた。今でも忘れられないな。涙声で、何度も〝ごめんね〟って謝ってた顔。もうぼろぼろ泣いててさぁ、俺は置き去りにされたって意識がなかったからびっくりしちゃって」

お母さん、どうしたの。お母さん、泣かないで。

初めて見る母親の泣き顔に、夏樹はおろおろと慰《なぐさ》めの言葉をかける。自分が原因だなんて思いもしなかったから、どこかで悪い奴に苛《いじ》められたのかと一生懸命に訊いたりした。母親は首を振って夏樹を抱き締め、「こんなに冷えて」とか「お腹《なか》空いたよね」とかひっきりなしに何か言っていたように思う。苦しいよ、と訴えるまで、腕の力は強いままだった。

「母親の懺悔《ざんげ》がひとしきり済んだところで、俺はやっと解放されたよ。で、できたばかりの友達を紹介しようとベンチを見たけど、もう誰もいなかった」

「ふぅん……」

「あの時はショックだったなぁ。探したかったけど、もう閉めるからって追い出されてさ。姉が留守番してるから、早く帰ろうって母親に引っ張られて諦めるしかなかった。で、そんなことがあったもんだから、それきり母親はここへ俺を連れてこなくなったよ。あの人にしてみれば、そりゃ当然だよな。その内、近所にスーパーだのコンビニだのって増えて、自然と足も遠のいた。俺は俺で、デカくなってからは屋上遊園地なんて卒業しちゃったから」

「それから、十年以上が過ぎたってわけか」

「うん。そんなある日、デパートが経営不振で閉館するって耳にした」

あの屋上遊園地が無くなる。

あの子と手を繋いで見上げた空が、もう見られなくなる。

そう思ったら、どうしても閉館の前に訪ねたくなった。

「でも、まさか見知らぬ相手から説教食らうとは思わなかったけどな」

「別に説教なんか……」

ニヤニヤと冷やかす夏樹へ、憮然と信久が言い返す。

「大体、そのことはさっき謝ったじゃないか。しつこい奴だな」

「あはは、悪い。ま、正直言うと少し耳に痛かったよ、安藤のセリフ」

「そう……なのか？」

「だって、本当のことだもんな」

写真なんか、後で見返したりしないくせに。

一時的な感傷を形にしても、却《かえ》って安っぽくしてしまうだけだ。そんな意味にも取れる言葉は、それだけ思い入れの深さを物語っている。だから、夏樹も考えを改めた。

「俺さ、できるだけ自分の目で見ておこうと思って」

「え……？」

「ここから見える空。崩れかけのベンチ。錆びたフェンスや壊れた遊具……全部をさ」

我ながら気障《きざ》だなぁと照れ笑いでごまかし、それでも戯《たわむ》れには聞こえないよう気をつける。

夏樹はゆっくりと周囲へ視線を巡らせ、最後に信久で留めると、自分の言ったことを裏付けるようにジッと彼を瞳に閉じ込めた。

「……なぁ」

「な、何だよ」

「今、気がついたんだけど……」

「…………」

「安藤って、やっぱ地味だよな。何つうか、存在感が薄いっていうか」

「は？」

無礼千万な感想に、信久の顔がたちまち剣呑《けんのん》になる。いやいや、と夏樹はやんわり右手を振って、悪びれずに先を続けた。

「違うって、けなしたんじゃないって。ほら、私服も制服とあんま変化ないしさ。もったいないなぁって話だよ。だって、よく見ると美形じゃん。ブランド着ろとは言わないけど、眼鏡を変えてもう少しオシャレに気を使えば、きっと見違えるようになるのにって」

「お……」

「高徳院の生徒でカッコ良かったら、女の子なんてじゃんじゃん寄ってくるだろ？　うん、マジで惜しいわ。素材はいいんだから、活《い》かさない手は……」

「大きなお世話だっ！」

真っ赤になって怒鳴り散らし、信久は憤然と踵《きびす》を返す。よほど頭にきたのか引き止める間もなく走り出し、そのまま夏樹の視界から消えてしまった。

「あ～あ……」

まずったなぁ、と頭を掻《か》き、夏樹は小さく息を吐く。

柄にもない自分語りをした気まずさから、最後の最後でふざけてしまった。言ったことは本心だが、あれでは信久でなくても怒るだろう。一刻も早くしんみりした空気を払拭《ふっしょく》したくて、我ながら姑息《こそく》な手を使ったものだ。

「次は、俺が謝らなきゃな」

約束はしなかったけれど、きっと次もここで会える。そんな確信を胸に、夏樹は呟いた。

気がつけば、コンクリートの床に空き缶がポツンと残されている。信久の分だ。

そっとそれを拾い上げ、思い出を追いかけるように手の中で静かに見つめ続けた。

3

わかったわよ、という声と一緒に頭をポンとはたかれる。

何事だ、と夏樹が驚いて顔を上げると、机の前に美秋が立っていた。

「やっと気がついた？　まったく、何回呼んだと思ってんのよ」

「あ……マジで？　悪い、ボーッとしてた」

「昼休みだからって、気が緩みすぎじゃないの？　具合でも悪い？」

「そんなんじゃねぇよ」

無遠慮に額へ伸ばされた手を、慌てて邪険に振り払う。クラスメイトの目がある中で、そんな真似をされるなんて冗談じゃなかった。それでなくても、美秋は校内の有名人なのだ。生徒会の役員だし、そこそこ美人なので夏樹のクラスにも熱を上げている輩《やから》がいる。

「二年の教室まで何の用事だよ。あんま、学校で話しかけんなって言ってるだろ」

「あら、生意気言ってるわ。セバスチャンのくせに。こっちは、少しでも早く教えてあげようかと親切心で来たのに。いいわよ、じゃあ教えてあげない。悪かったわね、ボケッとバカ面《づら》してるとこ邪魔しちゃって」

「ちょ、ちょっと。何だよ、教えるって」

「話しかけちゃダメなんでしょ？」

冷ややかに突き放され、今度はご機嫌取りに苦労した。彼女の思わせぶりな態度から、信久に関して情報を摑《つか》んだに違いないのだ。こうなると、周囲の目など気にしていられない。一昨日に怒らせたせいか、昨日は待ってもとうとう会えなかった。

「例の眼鏡くん。データが揃ったわよ」

放課後に期間限定のマロンパフェを奢《おご》るという約束を取り付け、ようやく機嫌を直した美秋が得意げに口を開く。データ、という単語に、並々ならぬ自信が窺えた。

「実はね……彼の父親、あのデパートの経営者だったのよ。つまり、御曹司《おんぞうし》？」

「え、本当に？」

「間違いないって。確かなソースがあるんだから。でも、経営不振で閉館するんだから元御曹司って言った方が正しいのかな。何でも、父親の会社は倒産寸前らしいし」

「マジ……かよ……」

あの寂れっぷりを思えば、それも納得のいく話だ。恐らく起死回生のテコ入れや改装などに、割《さ》ける予算がなかったのだろう。倒産寸前なら、それも無理はない。

深刻に思い詰める夏樹の様子に、美秋は少し気圧されたようだ。大して親しくもない相手の事情に、ここまでショックを受けているのが理解し難《がた》いのだろう。彼との二度目の邂逅《かいこう》を、彼女には話していないので尚更《なおさら》だった。

「フルネームは安藤信久って言ってね、高徳院では割と有名みたい。何しろ入学時から二年生の現在に至るまで、成績がずっと上位一桁《ひとけた》をキープしてるんだって。あの優等生揃いの学校で、それはちょっとした快挙でしょ？　おまけに家は金持ち、本人はおとなしくて目立つタイプじゃないけどルックスもそこそこ、そんなこんなで近隣の目敏《めざと》いハンター女子にはチェックされていたみたいよ。お蔭《かげ》で、割と早く探し当てられたってわけ」

「実家が金持ちで、将来のエリート候補生じゃなぁ……」

「ま、カノジョ持ちって話は聞かなかったけどね。私生活も地味っぽいって話」

「…………」

自分も似たようなことを信久に言ったくせに、ズケズケとした美秋の物言いに夏樹は少々ムッとする。彼のことをチェックしているという、会ったこともないハンター女子たちにも何だかやたらと腹が立った。

「けど、それは今までのことよね。地元では老舗のデパートだったけど、すでに過去の栄光だし。いよいよ、あと一週間くらいで閉館だもん。なまじ有名人だっただけに、街にも居づらいんじゃないかなぁ」

美秋の報告はまだ続いていたが、すでに夏樹は他のことを考えていた。

信久の父親が、あのデパートの経営者だという。ならば、彼もまた取り壊しを惜しむ一人なのだ。きっと、それでよく立ち寄っていたに違いない。

（そうだったのか……）

予鈴が鳴って美秋が帰り、午後の授業が始まっても内容なんか頭に入らなかった。夏樹はひたすら信久を思い、彼の言葉や仕草の一つ一つを心の中で追いかける。

（だったら、俺、余計な話を聞かせちゃったかもしれないな）

ふと、軽い後悔に襲われた。

自分の父親が経営するデパートで、子どもが母親に置き去りにされかけたなんて決して愉快なことではない。できれば、知らないままでいたかっただろう。夏樹にしてみれば妙な連帯感からつい口にしてしまったのだが、思えば昨日今日知り合った相手に話すにはあまりに唐突だったかもしれない。

おかしいよな、と我ながら自問する。どんなに仲の良い友人にも、一度も打ち明けたことのない話だ。姉の美秋ですら知らないのに、どうして信久には話してしまったのか。

別に同情を引こうとか、特別な目で見てもらおうなんて考えたわけではない。むしろ、隠しておきたい過去だった。けれど、気がつけばすらすらと自然に唇が動いていた。

『俺、ここで捨てられかけたことがあって』

そう、夏樹は信久に聞いてもらいたかった。

あのきつくて真っ直ぐな瞳の持ち主に、自分がどんな思い出をあの場所に抱《いだ》き、どれだけ特別に感じているのかをわかってほしかった。

（けど、最後に怒らせちゃったからな。閉館前に絶対また来るとは思うけど、放課後とは限らないし。時間ずらされたら、それまでだろ……まずったよなぁ）

できるだけ自分の目で見ておこう——そう思って。

信久に宣言した時、夏樹は一番見ておきたいのが『風景』ではなく、あの場所に立つ信久であることに気がついてしまった。不可解なその気持ちを今も持て余し、次に彼に会えば理由がわかるだろうかと期待している。だから、避けられたら困るのだ。

本当に、どうかしている。どこかおかしくなったんじゃないかと思う。

それくらい、信久のことばかり気にかかる。表面的な『データ』だけじゃなく、彼の本質がもっと知りたい。欲を言えば怒った顔だけでなく、笑ったところも見てみたい。

（俺、あいつと友達になりたいのかな。絶対、相性悪いと思うんだけど）

趣味も話も合いそうにないし、一緒にいたら喧嘩ばかりするだろう。説教されたり睨みつけられたり、彼は小姑《こじゅうと》のように煩《うるさ》いに違いない。ウンザリな展開が容易に想像できるのに、何故だか考えると胸が温かくなる。

「こ〜ら、岸川。何ボーッとニヤけてるんだ」

パン、と派手な音をたて、いきなり教科書で頭を叩《たた》かれた。見れば数学教師が、頭上から渋い顔で見下ろしている。本日二度目の狼藉《ろうぜき》に、これ以上バカになったらどうすんだ、と自業自得を棚に上げて毒づく夏樹なのだった。

それから、更に三日が過ぎた。

いよいよ閉館を間近に控え、デパートは久々の熱気に包まれている。ほとんど投げ売り状態の商品を目当てに、売り場は人が押し寄せているようだ。こんなに店内が湧いたのは何年ぶりだろう、と誰かが感慨深げに言っていた。

「……やっとか」

終末の喧騒をよそに、屋上遊園地だけは相変わらず閑散としたままだ。そこに信久の姿を認めた夏樹は、思わず長い溜め息をついてしまった。

「もう待ちくたびれた。おまえ、全然来ないんだもん」

「俺は〝おまえ〟じゃない。ちゃんと名前で呼べ」

「………………」

「何だ?」

「いや、何でもねぇよ」

何でもないと言いながら、堪え切れずに夏樹は笑い出す。こっちは何日も悶々《もんもん》と過ごしていたというのに、まるきり変わらない会話をくり返す信久が愛おしかった。

「岸川は、本当に失礼な奴だ」

おまえが言うか、とツッコみそうになるのを、かろうじて夏樹は呑み込んだ。笑われたのがよほど不本意なのか、不機嫌な顔つきで信久は続ける。

「服だけじゃなく、俺の顔もそんなに笑えるのか？　まったく不愉快な男だな」

「え……あ、違う違う。安藤を笑ったんじゃないって。それに、服が笑えるなんて言ってないぞ。地味だから、もっとオシャレすればって……ごめん……」

話の途中でジロリと睨まれて、早々に謝った。先日の失言は、思いの外尾を引いているようだ。無理もないか、とは思うものの、自分がこんなに幸せな気分なんだから少しは信久も笑顔を見せてくれたらいいのにと勝手なことを考えた。

「久しぶりだな」

「…………」

「また、ここで会えて良かった」

笑うのを止めて、真面目《まじめ》に言ってみる。本心なので照れはなかった。

「俺、毎日寄ってたんだ。安藤に宣言した通り、できるだけ自分の目で覚えておこうと思って。ジタバタしても、あと数日しかないし」

「……そうだな」

短く答えた後、信久は澄ました顔で歩き出す。どこへ行くのだろうと目で追ったら自販機の前で立ち止まり、やがて二つの缶を持って戻ってきた。

「この間の礼だ」

「あ、サイダー……」

「奢られっぱなしじゃ、落ち着かないからな」

いちいち可愛げがないが、無愛想な言葉に合わせて繕《つくろ》った仏頂面が微笑ましい。夏樹が喜んで受け取ると、彼はあからさまにホッとした様子で、強張っていた肩が優しく緩んだ。どうやら、顔を合わせて緊張していたのは彼も同じだったようだ。

「いただきます」

いつものようにフェンスへ背中を預け、ゆっくりと缶に口をつける。甘く涼やかな香りが鼻孔《びくう》をくすぐり、口の中で炭酸がパチパチと弾けた。

「俺、毎日ここへ来てわかったことがある」

サイダーを飲みながら、夏樹が小さく呟いた。

隣の信久は怪訝《けげん》そうな瞳を向け、無言で何かと尋ねてくる。

「凄《すご》く単純なことなんだけど」

「うん？」

「季節って、ちゃんと移っていくんだなって。ここから空を見ていると、陽《ひ》の暮れる速度がどんどん早くなるのがわかるんだよ。空の色がみるみる変わって、夏と秋じゃ景色が全然別もんに見えるんだ。今まで当たり前すぎて意識しなかったけど、これって発見じゃね？」

「発見……」

「ほら、今だってそうだろ。安藤と初めて会ってからまだ十日ちょっとくらいなのに、空が赤くなる時間が早くなってる。俺、ガキの頃以来だよ。こんな大発見するの」

「岸川って……」

不意に、信久の声音が柔らかくなった。初めて耳にする明るい響きに、夏樹は驚いて彼を見返す。そうして——そのまま言葉を失った。

「岸川って、ほんと変な奴。そんなこと、真顔で語る高校生がどこにいるんだよ。おまえ、ちょっと恥ずかしいぞ。漫画の熱血主人公みたいだ」

「…………」

「見た目、絶対チャラチャラしてるのに。世慣れた感じで、何でも要領よくこなしている風なのに。大真面目に〝大発見〟とかって……何を真剣に言い出すのかと思ったら……」

信久は、笑っていた。

まるで旧知の友人と談笑しているように、瞳を空の茜色《あかねいろ》に染めながら。

それは、夏樹が屋上遊園地で目にした中で、もっとも心地好い光景だった。

「わ……笑うことないだろ」

「だって、可笑しい」

「や、それは認めるけど。いや、ガキっぽいかなーって少しは思ったけど」

「〝ぽい〟じゃない、ガキそのものだよ。目、きらきらさせてさ」

「……うっせぇな」

幸福で、くすぐったくて、そんな内面を隠すのに精一杯で、何も気の利いた返しが浮かばない。そんな夏樹の心中をよそに、信久は屈託のない笑顔で空を仰いだ。そのまま気持ち良さそうに深呼吸をくり返し、清々《すがすが》しい横顔でまた口を開く。

「何か、久しぶりに笑った。岸川って面白いな」

「それを言うなら、安藤だって同じだろ。大体、人には〝おまえって呼ぶな〟とか言うくせに、さっきは俺のことおまえ呼ばわりだったぞ」

「え、そうか？」

「自覚なしかよ。優等生のくせに寄り道ばっかりしてるから、記憶力落ちるんだよ」

「俺が優等生？　高徳院の生徒だから？」

「そうだよ。だって、成績が入学以来トップクラスなんだろ？　けっこう有名人だって聞いたぞ。あの学校でトップクラスってことは、全国でも指折りって意味じゃないか」

「そんなの、もう関係ないよ」

穏やかに否定し、彼は再び秋風を胸に吸い込んだ。

「俺、どうせもうすぐ転校するし」

「え……？」

「新しい高校は高徳院みたいな進学校じゃないし、今度はのんびりと学生生活を送るよ」

「う……そだろ……。転校？　安藤が？」

聞き捨てならない告白に、和んでいた空気が一瞬で張り詰める。

飲みかけのサイダーを下に置き、夏樹は信久へ詰め寄った。

「それマジかよ？　何でこんな時期に……」

「本当は、夏休みの間に引っ越す予定だったんだ。転校も済ませるはずだった。でも、ここが閉館になるまで見届けたくて……親に我儘《わがまま》言ったんだ」

「どうして……」

「どうして……って……」

重ねて問われた信久は、答えあぐねたように沈黙する。高徳院での成績を知っているくらいなら、事情は全て承知しているだろうとその目が言っていた。父親の会社が倒産したら、これまでと同じように暮らしていけるわけがない。そんなことを言わせるのかと、戸惑う表情が訴えていた。

信久が、この街からいなくなる。

思い出の場所と一緒に、彼まで目の前から消えてしまう。

（そんな……そんなのって……）

これからなのに、と夏樹は呆然と思った。

自分たちを繋ぐ感情には、まだ何も名前がついていない。それをこれから二人で見つけるはずだったのに、始まる前に終わってしまうなんて。

「……いつ？」

かろうじて、唇が動いてくれた。

「引っ越しっていつ？」

「閉館の翌日。もう二学期が始まってるし、間もなく中間試験だ。できれば、その前に転校しておかないと……なるべく急げと親にも言われているし」

「そっか……」

あと、数日しかないのか。

深い喪失感に、溜め息が零れ出る。

けれど、それ以上は言葉にできなかった。自分と信久は友達じゃないし、お互いのことを何も知らない。偶然ここで出会って噛み合わない会話を交わしただけの、ただの通りすがりに過ぎないのだ。

だから「嫌だ」とは言えなかった。

取り乱して「淋しいから行くな」なんて、口にはできなかった。

「あのさ……」

「何？」

「安藤のお父さんって、ここの経営者なんだろう？　それ、引っ越しや転校と無関係じゃないんだよな。デパートの閉館も、それまで残りたいって粘ったのもみんな……」

「岸川……」

あまりに直球な質問に、信久もさすがに絶句する。だが、黙り込んだまま時間を無為にするよりも、とにかく踏み込まねばと夏樹は思った。もう探り合っている余裕はない、近づく一歩一歩を楽しんでいる場合ではないのだ。

「言葉が乱暴でごめん。けど、俺は安藤のこと、もっと知りたいんだ。おまえの口からいろいろ聞きたいし、話したいことがまだたくさんあるんだよ」

「俺……と……？」

「そうだよ、おまえとだよ！」

もはや、どちらも呼び方など気にしていられなかった。夏樹は信久の両肩に手を置くと、細く骨ばった感触を手のひらでしっかり包み込む。まるで愛の告白でもしているように、顔が熱くなるのがわかった。

「なぁ、安藤。おまえが閉館まで引っ越しを躊躇《ちゅうちょ》したのは、俺と同じ理由だろう？　おまえも、この場所との別れを惜しんでいたんだよな？」

「そ……それは……」

「そうだろ？　だから、俺たちは並んでサイダーなんか飲んでんじゃないのかよ。俺たち、同じように淋しくて……それで……」

「…………」

「それで、俺は……」

おまえに、強く惹《ひ》かれたんだろうか。

突然そんな想いが胸を支配し、夏樹はハッと息を呑む。

「それ……で……」

そういえば、信久に触れるのは今が初めてだった。意識した途端、手のひらが震え、鼓動が煩いほど速くなる。何を言おうとしていたのかわからなくなり、夏樹は彼を見つめたまま動けなくなった。

「岸川……？」

どうしよう、後が続かない。

惹かれる、という単語の魔力が、全ての理性を奪ってしまったかのようだ。次第に白くなる頭の片隅で、夏樹は懸命に「とにかく離れなければ」と焦った。信久に動揺を悟られないよう、何食わぬ様子で肩から手を離し、慎重に距離を取って頭を冷やすのだ。さもないと、自分はとんでもない答えを見つけてしまうかもしれない。

「…………」

耐え難い沈黙の中、決死の思いで夏樹は行動した。強張る指を苦労して動かし、何とか手を外そうとする。取り返しのつかないことを、自分が口走る前に。

だが、予想外の出来事がそれを止めた。

「……違う」

ほとんど呟きに近い声で、信久が何度も頭を振る。

「違う……そんなんじゃない……」

「え……」

「俺がこの場所へ来てたのは……岸川と同じ理由じゃない」

「安藤……」

今まで取り澄ましていたのが嘘のように、彼は辛そうに顔を歪《ゆが》めた。何度も「違う」と繰り返す姿に、夏樹は両手を離せなくなる。指先まで熱く脈打ち、身じろぎどころか呼吸すら詰めるようにして、ひたすら食い入るように視線を重ねた。

「岸川、違うんだ……」

「…………」

「違う……」

信久は何かを堪えるように唇を嚙み、もどかしげに見つめ返してくる。

その瞳に自分が映るのを見た瞬間、夏樹は無我夢中で彼を抱き寄せていた。

「何なんだよ……」

「岸川……」

「何なんだよ、俺たちは……」

微熱を帯びて上ずる声は、頼りなく空へ消えていく。

確かなのは腕の中の体温と、胸に響く駆け足の鼓動だけだ。

「どうして、こんなことしてんだよ……」

途方に暮れて問いかけるが、信久からの返事はない。何度も「何故」と口にしながら、それでも夏樹は彼を解放する気にはなれなかった。

しばらく無言で抱き合いながら、不器用な時間は過ぎていく。

信久は逃げなかったし、夏樹は腕の力を緩めなかった。互いの温もりに安堵を覚え、ときめく鼓動に心を許しながら、どちらもそれを言葉にする術《すべ》を持っていなかった。

「……あ」

小さく、信久が声を出した。続けて独り言のように、「そろそろ六時だ」と告げる。屋上遊園地は営業時間より早く閉めるんだっけ、と夏樹も思い出し、ようやく頭が働き始めた。

自分が抱き締めている相手は、か弱い女の子なんかじゃない。男だ。信じ難い事実だが、不思議なほど素直に受け入れている。感じるのは甘い安らぎだけで、嫌悪も後悔も何一つ浮かんではこなかった。

「安藤……あのさ……」

「……何だ?」

「その、苦しくないか?」

遠慮がちにかけた声が、緊張のせいで少し掠れている。情けないなぁ、と嘆息していたら、やがて腕の中でくぐもった返事が聞こえた。

「眼鏡が、顔に当たって痛い」

「あ、悪い。思い切り、力入れたから」

「悪いと思ってるんなら、そろそろ何とかしてくれ」

「………」

気丈な言葉だが、自分からは突き放さないあたりがずるい。くす、と夏樹は笑みを零し、ほんの少しだけ腕から力を抜いた。

「何か、俺たち何やってんだろうな」

不意に可笑しさがこみ上げてきて、そのまま笑い出してしまう。自由を奪われた信久は能天気な態度に眉をひそめたが、すぐにつられて控えめな笑顔を見せてくれた。

ひとしきり笑った後、夏樹はやっと信久を解放する。こんなに長い時間、他人を抱き締めていたのは初めてだった。その相手が彼なのが、何だかとても嬉《うれ》しい。

「まったく……加減を考えろ」

余韻の欠片もない一言を漏らし、信久は眼鏡のフレームが曲がっていないか点検を始めた。素顔の彼は夏樹が想像していた通り、清潔感のある端整な造りをしていた。

「眼鏡、大丈夫か？　もし壊れてたら、俺が……」

「夏樹！　夏樹、やっぱりここだったっ！」

穏やかな空気を切り裂いて、鋭い声が割り込んでくる。驚いて振り返ると、館内に通じる扉を背に美秋が立っていた。蒼白《そうはく》な顔にぜえぜえと荒い息を吐く姿は、とても尋常とは思えない。ただならぬ事態を察し、たちまち気が引き締まった。

「どうした、美秋？　何かあったのか？」

「義父さんが……」

「え？」

「義父さんが、仕事先で怪我《けが》をして病院へ運ばれたって。お母さんが電話してきて、夏樹と一緒に早く来なさいって。それで……携帯、鳴らしたんだけど出ないし……」

「あ……ごめん、切ってた……」

「とにかく来て！　早く！」

悲鳴に近い叫びを聞き、うんと素早く頷いて走る。

見送る信久を顧《かえり》みる余裕もなく、夏樹は屋上遊園地を後にした。

4

両親の寝室へ足を踏み入れるなんて、何年ぶりのことだろう。もしかしたら、母親が再婚してこの家に越してきた時、彼女の荷物を運び入れた日以来かもしれない。

「だとすれば、五年ぶりか……」

そう思うと感慨深いものを感じ、夏樹はほぅっと息を吐いた。

もっとよそよそしいかと思っていたが、久しぶりに見る室内は案外居心地がいい。八畳の和室は西向きのベランダがついていて、そのため畳の端が日に焼けていた。年季が入っているだけではない、重ねた年月の生む柔らかさは義父のおっとりした性格そのままだ。

「でもさ、一週間程度の入院で済んで本当に良かったわよ」

「美秋……」

「義父さんも、余計な心配かけないでほしいわよね。私、高三なのよ。受験生なのよ」

夏樹がどこから手を付ければいいかと迷っている間に、美秋は文句を言いながら簞笥《たんす》の引き出しやクローゼットを遠慮なく開けていく。義父に付き添っている母親から、入院に必要な衣類やタオルを持ってきてほしいと頼まれたからだ。義父は会社の階段から落ちて右足の骨にひびを入れてしまったとのことで、何とも気の抜ける顚末《てんまつ》だった。

「母さんも、病院に寝泊まりするのかな」

「完全看護だから、夜には帰ってくるでしょ」

仲が良いのはけっこうだけどね、と呟き、美秋は手際よく荷物を詰めていく。その様子は事務的でドライに見えるが、内心はそうでもないことを夏樹は知っていた。

(けっこう意外だったよなぁ。何か、俺までジンとしたもんな)

タクシーで病院へ向かう車中、美秋は運転手の目も気にせずわんわん泣いていたのだ。気が強くてしっかり者の彼女が、義父さんに何かあったらどうしようと、夏樹にしがみついてぼろぼろと涙を零し続けていた。

「まったく人騒がせなんだから」

泣いた照れ隠しか、怪我が大したことないとわかるなり美秋は素っ気なくそう言った。母親に用事を頼まれたのを口実にさっさと帰ったのも、決まりが悪かったからに違いない。姉のそんな態度を見ていたら、夏樹も憑《つ》き物が落ちるようにわだかまりが薄くなった。

母親に捨てられかけた、という思いは、やはり簡単には忘れられない。

そのため、幸せな家族の中で自分だけが不純物のような錯覚を夏樹はずっと抱いていた。どんなに義父が良い人でも、一度「いらない」と烙印《らくいん》を押された子どもでは相応《ふさわ》しくないのでは、とどこか僻《ひが》んだ思いが捨てられなかったのだ。

(自分でも歪んでるって思ったけど……理屈じゃないんだよ)

面と向かって思いを吐き出せば、母親を責めることになる。それだけは避けたかったし、捻《ひね》くれて家族に迷惑をかけるなんて言語道断だ。夏樹にできるのは、ぎこちなさを残したまま中途半端な息子を演じることだけだった。

「ねぇ、夏樹」

「ん？」

「あんた、眼鏡くんとちゃんと会ってたのね。せっかく友情を温めていたのに、残念だったわねぇ。でも、私の情報網も役に立ったでしょ？」

「……うん、まぁな」

「夏樹が来たんで、義父さん凄く喜んでたみたいよ。たまには親孝行もいいもんでしょ？家族揃っての外食も毎回サボってたけど、こういう時くらいは息子でいなくちゃね。あんた、岸川家の長男なんだから」

「わかってるよ」

美秋の言葉に、自分がいかに子どもだったかを夏樹は思い知らされる。彼女が言う通り、真っ青《さお》になって病院へ駆けつけた夏樹を見て義父は心から嬉しそうな顔を見せたのだ。

「これからは、もうちょっと家族行事にも参加する。ま、いい年して家に入り浸りってのも変だからメシくらいはな。考えてみれば、美味《うま》いもん食えるチャンスなんだし」

「意地張っちゃって」

「うっせ」

荷造りの済んだ美秋が、今度は目につく場所の片づけを始めた。向かった机は義父が学生時代から愛用している年代もので、今も書き物仕事などはここでしているようだ。

「何してんだよ。あんまりいじると怒られるぞ」

「うん。あの人って本が好きじゃない？　〝この際だから、読みかけの本を読破する〟って言ってたから、何冊か持っていってあげようと思って」

「そっか。なぁ、美秋。おまえ、けっこういいとこあるな」

「おべっかはいいから、後で肩でも揉《も》んでくれるかしら、セバスチャン」

「あのな……」

いつまで寒いギャグ言ってんだよ、と呆れつつ、仕方がないので付き合ってやる。かしこまりました、の後に「お嬢様」とサービスしたら「バッカじゃないの」とにべもなくあしらわれてしまった。

「あ、これ……」

「どうした？」

「うん……ねぇ、夏樹。これ、ちょっと見て」

「え？」

神妙な顔つきで美秋が差し出したのは、一冊の薄いアルバムだ。昔、フィルムを現像に出した時に店で付けてくれたようなノート型の安っぽいものだった。

「見て……って、いいのかよ。人の写真、勝手に……」

「いいから、あんたも見てごらん」

「…………」

逆らえない迫力に押され、夏樹はおずおずとアルバムを受け取る。早く開けと促され、いいのかなぁとためらいつつ表紙をめくり——そのまま目が釘付《くぎづ》けになった。

「美秋、これ……」

「そうよ。あの屋上遊園地の写真よ」

「何でだよ？　だって、これごく最近に撮られてるよな？　ほら、写ってる売店も乗り物も全部ボロボロで錆びついていて……」

どういうことなんだ、と困惑する。急いでページを繰《く》ってみたが、収められたどの写真も夏樹が懐かしんだものたちで埋め尽くされていた。ただ、撮影は日中にされており、そこに写されている明るい空も光も夏樹には初めて見る光景ばかりだ。今まで夕方にしか立ち寄らなかったので、新鮮な驚きがあちこちに散りばめられていた。

「どうして義父さんが……」

アルバムを手に呆然としていたら、美秋が「あ」と小さく声を上げる。

「そうだ、私よ。私が義父さんに話したの」

「話した？　話したって何を？」

「ほら、一回だけあんたに付き合って私も行ったじゃない。あの後、義父さんたちと外食したんだけど、夏樹は思い出に浸ってて来られないのよって言ったの」

「…………」

「場所とか訊かれたから、夏樹には内緒でってことで教えたのよね。その時に、写真を撮ろうとしたんだけど、気が乗らないのか止めちゃったみたいって言ったんだけど……」

まさか、と夏樹は絶句した。たったそれだけの話を聞いて、義父は休みにわざわざ屋上遊園地まで出向いたのだろうか。感謝されるどころか、下手したら写真の存在さえ知らせる機会もなく終わるような用件のために。

「そんな……嘘だろ……」

「でも、その時に義父さん言ってたのよ。私や夏樹の小さい頃を、もっと知りたいなって。ただ思い出にズカズカ割り込むような真似はしたくないから、難しいもんだなって苦笑いしてた。屋上遊園地って聞いたら母さんが泣きそうな顔したせいで、それ以上はあんまり話せなかったけど……」

「母さん……そっか……」

ズキンと痛む胸を押さえ、夏樹は写真を熱心に見つめた。どの風景も見慣れているはずなのに、真昼の柔らかな光の下で見るその場所は明るく息づいている。

信久との出会いで、写真なんかいらないと夏樹は撮ることを放棄した。形ばかりの思い出を残すことに、意味を感じなくなったからだ。

けれど、義父の撮った写真たちは違う。優しさと温もりに満ちた風景は、思い出ではなく未来を写し取ったものだ。いつか、夏樹が過去を懐かしく思い返せるようになった時、そっと記憶の手助けができるように。そんな思いから、密《ひそ》かに残しておいてくれたもの。それは時を超えて、彼の真心を夏樹に届けてくれるだろう。

「……次の外食っていつだっけ？」

「夏樹……」

「義父さんの退院祝いになるんだから、俺たちで準備しておこうぜ。ネットで店を探して、義父さんの好物が一番美味い店にしてさ。いいだろ？」

「うん……いいわね。そうしよっか」

美秋が、にっこりと頷いた。夏樹も笑い返し、アルバムを丁寧に机へ戻す。

小さく息が漏れた。

信久の顔を思い出し、無性に彼を抱き締めたいと思った。

いよいよ、閉館が明日に迫った。

ギリギリまで営業を続けていた売り場も、盛り上がりは最高潮だ。明日からは備品や在庫の運び出しが始まり、街一番の老舗デパートの歴史も幕を下ろす。

けれど、屋上遊園地だけは別だった。

ここは時間が止まっている。忙《せわ》しなく出入りする者もいなければ、呼び込みや宣伝の派手なやり取りも無縁の空間だ。ただ、昨日の続きがあるだけだった。

「お義父さんの怪我、大丈夫だったのか?」

自販機は撤去されていたので、途中のコンビニで買ったサイダーの缶を手に信久が言う。

「岸川、呑気《のんき》にこんなところへ来ていていいのかよ。最後の最後まで能天気な奴」

「ひっでぇなぁ。サイダーまで用意して、待ってた奴の言うセリフかよ」

「な……これは、たまたま……」

「ま、いいじゃん。最後くらい、仲良く過ごそうぜ。サイダー美味いよ」

「……そうか」

「…………」

「良かった」

夏樹が機嫌よく口をつけるのを見て、信久の目が優しくなった。恐らく、こちらを元気づけようと気を配ってくれたのに違いない。お世辞でも冗談でもなく、今まで飲んだ中で最高に美味しいサイダーだった。

二人はしばらく夕闇《ゆうやみ》に紛《まぎ》れ、沈黙にゆったり身を委《ゆだ》ねた。

やがて信久が暮れゆく空に目を細め、長い長い吐息をつく。それは、ずっと旅を続けていた人間がようやく目的地に辿《たど》り着いた時の安堵の声にも似ていた。

「俺、岸川に話しておきたいことがある」

「何だよ、愛の告白か？」

「ふざけるなよ。真面目な話なんだ」

今日は立ち話ではなく、初めからベンチに並んで座っている。まだ屋上に残されているということは、取り壊される時には建物と運命を共にするのだろう。

「岸川が、ここでお母さんを待っていた時」

「うん」

「おまえと一緒にいたのは――俺なんだ」

「…………」

「驚かないのか？」

あんまり反応が静かなので、信久は少し拍子抜けしたようだ。夏樹は悪戯っぽく笑ってみせると「何となくな……わかってた」と言った。

「昨日、安藤が眼鏡を外した顔を見た時に、もしかしたらって思ったんだ。それなら、何かにつけて突っかかってきたのも納得がいくし。ただ、どうして今まで黙ってたのか、そこだけはよくわかんないけど」

「それは……岸川が悪い」

「へ？　俺のせい？」

　思いも寄らないことを言われ、真顔で夏樹はびっくりする。

「俺、何かしたか？」

「した。勝手に一人でデカくなって、手も足も嫌みなくらい長くなった。黄色いスモックを着たおまえは、俺よりチビで可愛かったのに。そんなの詐欺《さぎ》じゃないか、頭にくる」

「や、そんなこと言われてもなぁ……」

　確かに、夏樹は中学入学と同時に背がぐんぐん伸び、チビだった頃の面影《おもかげ》はあまり残っていない。けれど、それなら信久だって同じだった。大人びた容貌《ようぼう》とすらりと高かった背丈は隣で偉そうに文句をつけている人物とは別人だ。

「そうだよ、悪かったな。だから、なかなか言い出せなかったんじゃないか。しかも、岸川が〝お兄ちゃん〟とか言って年上だと思い込んでるし。昔の夢を壊しちゃ気の毒だと……」

「そういう理屈ありかよ？」

「どうせ、名乗り出たところでがっかりされるに決まってる」

　どうやら、思うように背が伸びなかったのは彼のコンプレックスらしい。子どもっぽく拗ねた顔を見せる信久が可笑しくて、夏樹は笑いを噛み殺すのがひと苦労だった。

「俺が転がった缶を拾い上げた時、岸川はちょうどお母さんにギュッてされてたよ」

「ああ……そっか……」

「子ども心に、邪魔しちゃいけないってわかったんだ。だから、俺はそのまま父親のオフィスへ向かった。良かったなぁって、凄く嬉しかった」

「安藤……」

飲み干した缶を足元に置いて、信久は遠い眼差しになる。

その姿に、夏樹は彼に握られた右手の温もりが鮮やかに蘇るのを感じていた。

「黙っていなくなったのは悪かったけど、岸川のことは鮮明に覚えてたよ。さすがに、単なる迷子じゃないのは感じてたから。この屋上遊園地は俺も大好きだったから、遊びに来るたびに思い出していた。もう一度会えたらいいなって……そんな風に願ってたけど、残念ながら十年以上もかかっちゃったな」

「じゃ、もしかして……」

半信半疑で顔を覗きこむと、やっとわかったかと勝ち気な笑顔が返ってくる。同時に、夏樹の脳裏を信久と出会った場面が駆け巡った。

「もしかして、俺が昔の話をする前から……知ってたのか?」

「多分そうだろう、くらいにはな」

「嘘……」

呆気に取られる夏樹をよそに、平然と信久は答える。

「俺は、あれから何十回、何百回とここに来ているんだ。一度も会えないなんて、よほど縁がないか岸川が寄りつかないか、どっちかだろうと思ってた。それに、再会した時は一緒にいる女の子が〝夏樹〟って呼んでいただろう？　それで、もしやと思ったんだ」

「どうして俺の名前……俺たち、名乗り合わなかったよな？」

「ああ。でも、岸川のお母さんが何度も夏樹って言っていたから」

「…………」

夏樹、ごめんね。一人にしてごめんね。

母親のくり返す切ない声が、一瞬だけ過去から耳に届いた気がした。

「だけど、せっかく会えたのに岸川は浮かれてカノジョ連れか、と思ってさ。そうしたら、わけもなく腹が立ってきて必要以上にツンケンした態度を取った。悪かったよ」

「安藤……」

「お姉さんだったんだな」

そんな愚かな誤解さえ、信久は愛おしく話している。そうして、次の言葉を夏樹が思いつく前に彼は静かに立ち上がった。

「そろそろ行かなきゃ。明日引っ越しなのに、まだ荷造りが残ってるんだ」

「引っ越し……どこだっけ」

「仙台だよ。母親の実家があるんだ」

「そうか……」

他に、もっと言うべきことがあるような気がするのに、どうしても見つからない。夏樹がじりじり焦っていると、目の前に信久が手を差し出してきた。五歳の自分を救った時のように、彼の手がしっかりと夏樹の右手を握り締める。

「——さよなら、岸川」

丁寧な発音で名前を呼び、少しためらってから信久は言った。

「もし、いつかまたおまえが誰かに置いていかれて……」

「え？」

「一人になるようなことがあったら、その時はまた俺が一緒にいてやるから」

「安藤……」

「だから、それまでしばしのお別れだ」

最後のセリフを、信久は笑いながら口にしたのかもしれない。けれど、夏樹にはわからなかった。繋がった右手を引き寄せ、彼をきつくきつく抱き締めたからだ。信久は驚いたように軽く身じろいだが、やがて自分から夏樹の背中に手を回してきた。

「何でだよ……」

震える声で、夏樹は訴える。

「おまえが、俺を置いていってどうするんだよ」

「岸川……」

「肝心のおまえがいなかったら、何も意味なんかないんだよ。なぁ、俺たちちゃんと覚えていただろう？　ここから見た夕暮れの空や、繋いだ手の温かさも。だから、こうしてまた会えたんだ。今から、全部始まるんじゃないのかよ」

「………」

「戻ってこいよ」

抱き締める腕に力を込め、祈るようにくり返した。

「何年かかってもいい、戻ってこいよ。今度は、俺がおまえを待ってるから。ここと同じように、あの空が見える場所を必ず見つけるから。だから……」

「本気……かよ……」

信久の声が、潤んでいる。泣くのを堪えているのか、殊更《ことさら》憎らしく彼は言った。

「岸川、やっぱりバカだな。バカの上に、とんでもないロマンチストだ。そういうセリフは、女の子に言うもんだろう。おまえ、根本的に間違ってるよ」

「だって、おまえが一番欲しいんだ」

「………」

「もう、ここは無くなってしまうけど。でも、必ずどこかに見つけてみせる。そこで、俺は安藤を待ってるよ。ずっと、おまえを待ってるよ」

「…………」

とうとう、信久は観念したようだ。

背中に回った手がきつくシャツを摑み、彼は真っ直ぐ夏樹の顔を見つめ返した。

「……うん。待ってろよ」

次の瞬間、素早く唇を近づけてくる。掠めるような口づけの後、信久は続く言葉を封じるように空へ視線を移した。

夏樹もまた、信久の肩越しに俯《うつむ》いていた顔を上げる。

その先に広がるのは、再会を夢見て眠りにつこうとしている、あの思い出の空だった。

あの空が眠る頃・8Years after

1

クリスマスは、スウェーデンか。

煙草《たばこ》を吸うために外へ出た岸川夏樹《きしかわなつき》は、色鮮《あざ》やかなネオンに白い息を吹きかける。

ただでさえ北欧の冬は厳しいのに、何も急いで渡欧することはないじゃないか。自分を含む家族全員がそう忠告したが、姉の美秋《みあき》はとうとう我を押し通して本日めでたく結婚式を挙《あ》げた。相手は海外赴任が決まっている商社マンで、年末間近なこの時期に予定より数ヶ月も早く赴任先のストックホルムへ飛ぶことになっている。何でも現地支社でトラブルが起きたとかで、あちらではクリスマス休暇を取る余裕があるのかさえあやふやだと言う。

「真冬の平均気温がマイナスだぞ？　英語もろくにできないのに、スウェーデン語だぞ？　苦労するのが目に見えてるのに、〝一緒についていって支えてあげたいの！〟の一言だもんなぁ。肝《きも》が据《す》わっているというか、豪胆というか。まぁ、幸せならいいんだけどさ」

惚《ほ》れたら一直線、を地でいくような美秋の結婚は、夏樹には圧倒されるばかりだ。彼女の場合は生来の性格もあるだろうが、それにしても恋の情熱は怖ろしい。

「……いや、素晴らしい、と言ってやるべきか。今日くらいは」

肺まで深く煙を吸い込んで、溜《た》め息と一緒に吐き出した。ろくな準備期間もなかったが、新米夫婦の人柄を表すような賑《にぎ》やかで温かな式だったと思う。日頃は憎まれ口を叩《たた》き合う姉のあんなに綺麗《きれい》な花嫁姿を見せられた今、彼女が背負うであろう苦労さえ羨《うらや》ましい。

「あ～、夏樹くん、こんなとこにいたぁ！　ダメじゃん、カメラマンなのにぃ」

酩酊を含んだ笑い声と一緒に、唐突に背中を叩かれた。驚いて振り返った先に、美秋の友人の三原麻理《みはらまり》が赤い顔で立っている。酔っているのか足元がおぼつかず、夏樹は慌てて煙草を銜《くわ》えると手を差し伸べた。

「大丈夫、麻理さん？　飲み過ぎじゃねぇ？」

「へーキへーキ。美秋のめでたい日だもん、じゃんじゃん飲むわよぅ！」

「いや、もう充分飲んでんじゃん」

麻理の肩を支えてから、急いで携帯灰皿に吸い殻を押し込んだ。宵口《よいのくち》とはいえ十二月の夜気は厳しく、どのみちそろそろ二次会の会場へ戻るつもりだったのだ。だが、麻理は緩《ゆる》んだ笑顔でこちらを見上げると、あろうことか夏樹に抱きついてきた。

「うわっ、ちょ、ちょっと麻理さんってばっ」

「うわーん、夏樹くん！　あたし、淋《さび》しい！　淋しいよぅ！　美秋が外国行っちゃう！」

「…………」

「三十までは結婚しないで遊ぼうねって約束してたのに、親友のあたしを置いていくなんて！　何さ、美秋のバカ！　そんなにムーミンが好きなの！　あんなカバが！」

「いや、ムーミンはフィンランドだし、カバじゃなくて妖精だし」

「美秋〜ッ！」

わあっと無防備に泣きつかれ、無下《むげ》に引き離せなくなる。彼女と姉は高校時代からの親友で、家にもしょっちゅう遊びにきていた。なので、二人がどんなに仲良しだったか夏樹はよく知っている。結婚式や披露宴では零《こぼ》れんばかりの笑みで祝福していた分、二次会でドッと反動がきてしまったのだろう。

「……気持ち悪い」

「えっ」

「どうしよう、夏樹くん。あたし吐く。今すぐ吐く」

「待って！　麻理さん、まだ早まるな！」

顔色を赤から蒼白に変え、麻理が口を押さえて小さく呻《うめ》いた。冗談だろ、と夏樹は彼女を抱き止めたまま激しく狼狽《ろうばい》する。ここで吐かれたら、冬のボーナスで誂《あつら》えた一張羅《いっちょうら》のスーツが悲惨な運命を辿《たど》るのは必至だ。

「と、とにかくトイレ……いや、そこの路地でもいいか。麻理さん、少し歩ける？」

コクコクと頷《うなず》く麻理を促《うなが》し、労わるようにそっと歩き出す。密着したシルエットが冷えた舗道に伸び、傍《はた》から見れば甘いラブシーンに見えることだろう。

（ここからラブが芽生える展開は……ないな……）

現実とのギャップに脱力しかけた時、ふと視線を感じて足が止まった。

人通りの多い、煌《きら》びやかな光が乱反射する街角。

クリスマスと忘年会のシーズンを控え、行き交う人々の足取りはどこか軽やかだ。それなのに、一人だけ時間が止まったかのようにジッとこちらを見据《す》える眼差しがある。

「…………」

夏樹の鼓動が、徐々に速度を上げた。

ゆっくりと瞳《ひとみ》を動かし、息を詰めて視線の相手を探す。

「安藤《あんどう》……」

浮かれる人込みの中、射抜くような瞳が眼鏡《めがね》の向こうから見つめていた。

間違いない、安藤信久《のぶひさ》だ。十七歳の夏に別れたまま、一度も会うことのなかった友人が、まるで時間を飛び越えたようにあの日と同じ目で自分を見ている。

「安藤！　安藤だよな！」

思わず、声を張り上げた。考えている余裕などなかった。一歩踏み出そうとした夏樹は腕の中でぐったりしている麻理に気づき、歯がゆく動きを止める。

「安藤！」

せめてもと再度呼びかけると、ハッと信久が表情を変えた。夢から覚めたように瞬《まばた》きをくり返し、そのたびに苦い色が浮かんでいく。直後に素早く踵《きびす》を返し、そのままいっきに駆《か》け出した。

「あ、おい！　待て……」

引き止めようとしたが一瞬遅く、懐《なつ》かしい背中はあっという間に遠ざかっていく。コートも羽織らず、身軽な服装で駆けていく姿は、まるきり学生の時と同じに見えた。

「何で……」

夏樹の唇から、呆然《ぼうぜん》と呟《つぶや》きが零れ落ちる。

「何で、あいつがこんなところにいるんだよ。だって、あいつは……」

仙台だよ。母親の実家があるんだ。

思い出のデパートが閉館する最後の日。屋上で交わした言葉が蘇《よみがえ》る。

「帰ってきているなんて、聞いてないぞ……」

あの日から、すでに八年の歳月が流れていた。十七歳だった夏樹は二十五歳になり、地元の高校から東京の大学へ進学して、現在は中堅の文房具メーカーに入社して三年目になる。営業職にも慣れ、日々は淡々と、時に緩急のアクセントをつけて移ろい、平凡ながら深い悩みや不満とも無縁に過ごしてきた。

唯一つ――安藤信久の存在を除いては。

「うう～ん……」

俯《うつむ》いたまま、麻理が苦しげな声を漏《も》らす。夏樹はハッと我に返り、慌ててビルの隙間《すきま》の路

地へ向かった。本当は今すぐ信久の後を追いたかったが、泥酔中の女性を置き去りにするわけにはいかない。何ていうタイミングだろうと、思わず神様を恨《うら》みたくなった。

（八年ぶりだけど、あれは絶対安藤だった。間違えっこない。あいつ、どうして……）

わけがわからず混乱したまま、去り際の瞳を何度も思い返す。

そこに再会の感激はなく、あるのは混乱と悔恨ばかりだ。

夏樹の胸は、久しぶりに遠い痛みを思い出していた。

空港までの見送りは、新郎新婦の人柄を思わせる賑《にぎ》やかさだった。

家族はもとより詰めかけた友人も多く、口々に「遊びに行ったらよろしく」だの「本場のクリスマスが羨ましい」などと言いながら、その実二人の幸福を一番に願っているのが微笑《ほほえ》ましい。夏樹にとっても美秋は自慢の姉だったが、安心して送り出せそうだった。

「あんたね、人の見送りに来て何も言うことないの？　何よ、一人で黄昏《たそがれ》ちゃって」

皆と一通りのおしゃべりを済ませ、美秋がいつもと変わらぬ調子で憎まれ口を叩く。新妻にあらざるラフなニットのプルオーバーにデニムの出で立ちは、長いフライトのためらしい。今更可愛《かわい》らしく装ってもね、と笑う顔は、しかし誰よりきらきら輝いていた。

「……あのさ、美秋」

見送りの連中から少し離れた椅子《いす》に座り込んでいた夏樹は、傍らに立つ姉を思い詰めたように見上げる。その口から出たのは、彼女の旅立ちとはまるで無縁の名前だった。

「俺《おれ》、昨日の晩、安藤に会った」

「え……」

さすがに意表を衝《つ》かれたのか、しばし美秋は絶句する。だが、それも無理はない。信久が引っ越してから音信不通になるまでの間、そうして夏樹が彼の名前を口にしなくなるまでの数年間、彼女はずっと近くで成り行きを見守ってきたからだ。

「安藤くんって……あの眼鏡の子？　人違いじゃなくて、本当に本人だった？」

「うん。……いや、正確には話したわけじゃなくて見かけたんだけど。でも、間違いない。あれは安藤信久だった。あいつ、ちっとも変わってなかった」

「夏樹……」

「俺の顔を見て、逃げ出したんだ。で、そのまま見失った。だけど……なぁ、美秋。俺、あいつのこと、探してもいいのかな。逃げたってことは、やっぱりもう会いたくないからだろ。もともと連絡を絶ったのも向こうからだし。でも、探してもいいのかな」

「あんたは、どうしたいのよ」

言われるだろうな、と想像した通りの返事が、しゃきしゃきと返ってくる。

「安藤くんに会いたいの？　会いたくないの？」

「会いたいよ！」

即答した。そんなの、改めて考えるまでもなかった。

信久の存在に『思い出』の名前をつけるまで、どれほど努力が必要だったか。理由もわからないまま無理やり自分を納得させ、諦《あきら》めろと言い聞かせ続け、それでもふとした拍子に面《おも》影《かげ》が蘇っては溜め息をついた。そんな思いをしても、出会ったことは後悔しなかった。

「会えるもんなら、会いたいよ……」

膝《ひざ》の上で組んだ指は、血の気《け》が失せて白くなっている。昨夜は混乱の方が強かったが、一晩明けた今では「どうして追わなかったのか」と何度も悔しさがこみ上げた。麻理を放り出してでも追いかけていれば、もしかしたら捕まえられたかもしれないのに。

「泥酔の麻理を放置なんてしてたら、今頃あんたをぶん殴《なぐ》ってたけどね」

「わかってるよ。また同じ場面に立たされても、やっぱり俺は追いかけない。でも、それくらい〝会いたかった〟ってことなんだよ。何年たっても、あいつは特別なんだ」

「あらまぁ、新婚に向かってヌケヌケと惚気《のろけ》るわね」

「……ふざけんなよ」

美秋は夏樹と信久の間にどんな会話が為《な》され、どういう感情が育《はぐく》まれていたか何も知らないが、持ち前の勘である程度は正しく把握しているようだ。そこに偏見の目が向けられていないことはよくわかっていたので、夏樹も安心して話せるのが救いだった。

「安藤が連絡を絶ったのは、絶対に何かあったからなんだ。でも、少なくともあいつ自身は生きていたし、走っていたし、俺を覚えていた。そのことには心の底からホッとしてる」

「でも、それだけじゃ満足しないんでしょ。安藤くんが存在している、その事実だけじゃ夏樹は足りないのよ。彼と関わって生きていきたいんだわ。違う？」

「それが、安藤の迷惑になるって……その可能性を考えると躊躇《ちゅうちょ》する。でも、あいつの口から聞ければ納得はできるよ。だから、やっぱり探そうと思う」

「どうせ、私に話す前から決めていたくせに。はいはい、頑張《がんば》ってちょうだい。私の弟は、二十五歳にもなってまだ中身が高校生のまんまなのね。まぁ、それも貫き通せばロマンチストの称号がもらえるんじゃない？　私はそんな面倒臭い男はゴメンだけど、安藤くんは違うかもしれないし。向こうも、負けず劣らず面倒臭そうだもんねぇ」

「うっせぇよ」

激励なのかけなされているのか微妙なラインだが、お蔭で夏樹の心は決まった。

かつて信久に会いたくて屋上遊園地に日参した日々を思い出し、まったく成長ないなと苦笑いが零れたが、とにかく行動あるのみだ。

「ありがとう、美秋。それから、おめでとう」

「ふふ。私にも早く同じセリフを言わせなさいよね。じゃあ、行ってきます」

昨日の結婚式から泣き通しだった義父が、真っ赤に腫《は》らした目で彼女を呼んでいる。軽やかに空港内を駆ける足音が、まるで祝福を告げる鐘のようだと夏樹は思った。

あの空を見上げた屋上は、建物の解体と一緒に消えていた。

信久が家族と仙台へ引っ越していった一ヶ月後、彼の父親が経営していたデパートは取り壊され、更地《さらち》になってから立体駐車場が建てられた。夏樹は解体から更地になるまでの様子を連日写真に収めたが、信久に送るのはさすがにためらわれたので携帯電話に保存したままになっている。その後、機種変更したので見返す機会はなくなったが、音信不通になった信久からいつ連絡がきても良いように番号とアドレスだけは変えずにおいた。

「まぁ、無駄な努力だったわけだけどさ」

成田空港からの帰り道、夏樹は逸《はや》る心を抱えて再会の場所へ足を向けていた。善は急げと言うし、ぐずぐずしていたら手がかりを失うかもしれない。そう思うと、もう居ても立ってもいられなかった。

二次会会場になったカフェは、都心の繁華街にある。冬の日は短く、すでにあちこちのネオンが眩《まぶ》しいほどだったが、この街が活気に溢《あふ》れるまでにはまだ少し早かった。

「それにしても、どこから当たればいいのかな」

束の間に見た信久の恰好《かっこう》を思い出し、う～んと思案する。

「あいつ、確かコート着てなかったよな。それに、居酒屋かどこかの店名が入ったエプロンしていたような……くそ、もっとちゃんと見ておけば良かった」

あの軽装から察するに、恐らく仕事中だったはずだ。信久と飲み屋――あまりに違和感のある組み合わせだが、こんな場所にふらりと立ち寄ったようには見えなかった。もし繁華街のどこかで働いているのなら、きっとまた会えるはずだ。

「まさか、こんな風に再会するなんて思わなかったな……」

おまけに、顔を見るなり逃げられるなんて。

そこまで嫌われるようなことを、何かしていたのだろうか。そう思うと、ちくりと胸に痛みが刺す。どんなに考えても心当たりがなく、答えのない難問に何年も苦しんできた。

信久とは、いきなり縁が切れたわけではない。

彼が仙台へ越していった当初は、それこそ煩雑にメールや電話でやり取りをしていた。何かと冷やかしていた美秋が、ついには呆れて揶揄《やゆ》する気も失せたと言ったほどだ。

ところが、半年ほど過ぎた辺りから少しずつ雲行きが怪しくなってきた。信久からの返信が滞《とどこお》るようになり、電話や手紙も反応が薄くなった。やがて彼の携帯電話は解約され、手紙は宛先不明で戻ってくるようになり、さすがに夏樹も待ちの姿勢ではいられなくなった。

「あの時は、本気で仙台まで会いに行こうとしたもんな」

だが、訪ねたところで住所がわからないのではどうしようもない。ドラマで見るように役所をあたったり、近所の人に訊《き》いて回ろうかと思ったが、個人情報を引き出すのは昔に比べて格段に難しくなっており、あまり現実的とは言えなかった。

『安藤くんのご両親、離婚したみたいよ』

そんな情報が耳に入ったのは、一年もたった頃だ。

意気消沈する弟を哀れに思ったのか、美秋があれこれ調べてくれたのだ。だが、いかに情報通の彼女でもそれ以上の詳細は掴《つか》めなかったらしく『却《かえ》って、あんたを不安にさせたかもしれないわ』と後から謝られてしまった。姉が自分に気を遣うなんて、と内心驚いたので、夏樹はよく覚えている。

同時に、信久はきっと自分を切ったのだろうと思った。

両親の離婚なんて一大事を、一言も相談してくれなかった。愚痴《ぐち》や泣き言でもいい、声が聞きたかっただけでも構わない。せめて、少しでも頼りにしてくれたら……屋上遊園地で感じた共鳴する鼓動の音が、もう夏樹には聞こえなくなっていた。

「何でだったんだよ……俺には、全然わかんねぇよ……」

いや、と夏樹は心の中で訂正する。

わからないのは、自分も一緒だ。

信久に拒否されている、と悟った時、理不尽な仕打ちにも拘《かかわ》らず微塵《みじん》も怒りが湧《わ》いてこなかった。感じたのは水のような喪失感で、指先までひたひたに淋しさだけが打ち寄せる。最後に抱き締めた体温や一瞬だけ触れ合った唇も、全て水底に沈んだ気がした。

だから、追えなかった。

もし、何か決定的な態度を彼に取られたら、溢れ出る悲しみをどう扱えばいいのか想像できなかったのだ。せめて、嫌われてはいないという希望だけは残しておきたかった。

友達なら、こうまで心に爪《つめ》を立てられはしない。

ただ、信久が特別なんだとしか表現できない。

屋上遊園地で生まれた感情の正体を、八年たった現在でも夏樹は持て余していた。

「……でも、やっぱり本人を見ちゃうと諦めつかないよな」

繁華街の入り口で止めた足を、再び動かして夏樹は進む。

どこかの路地から不意に信久が顔を見せないかと、淡い期待を抱きながら。

覚悟はしていたが、都合よく運命は味方してはくれなかった。

信久を探し始めてから一週間がたつが、手がかりの一つも摑めない。幸い勤め先の会社が同じ沿線上にあるので退社後は毎日繁華街へ寄っているが、全て無駄足に終わっていた。

「いやいや、まだ一週間だし」

再び巡ってきた週末。いつもより少し早い時間に足を運んだ夏樹は、落ち込みかけた気持ちを懸命に鼓舞していた。誰かに尋ねようにも信久の写真を一枚も持っていない事実に気づき、軽くショックを受けたばかりなのだ。彼が引っ越す時、すぐにまた会えると信じきっていたのが仇《あだ》になった。

「自撮《じど》りで写メって送ってくれって言ったら、にべもなく断られたもんな」

堅物な信久らしいと、素っ気ない返事に苦笑した日が懐かしい。まさか、それから何年も音信不通になるなんて夢にも思っていなかった。

見上げた空には、薄墨のような幕が引かれている。夜の帳《とばり》が降りる前に、今夜こそ巡り会えるだろうか。もしダメだったら、いつまで同じことをくり返せばいいのか。

『おまえが、俺を置いていってどうすんだよ』

あてどもなく歩き続けながら、かつて信久へ向けた言葉を反芻《はんすう》した。

こうして、自分は大事な相手に置き去りにされていく。

何度も。何度も。終わることなく。

「お兄さん、今ならハッピータイムでビールが半額ですよ！」

不意に、目の前へチラシが突き出された。現在の心境とは真逆の『ハッピー』という単語に思わず反応し、夏樹は呼び込みの青年と目を合わせる。

「ハッピータイム？」

「そう。六時までなら、何杯飲んでも半額で超お得！　あと三十分ありますよ！」

「……そのエプロン……」

「はい？」

「そのエプロン！　居酒屋『九兵衛《きゅうべえ》』！　そうか、『九兵衛』か！」

「は、え、そ……そうっスけど」

面食らう青年からチラシをひったくり、急いで店舗の場所を確認した。きっとここだ。信久と再会した場所から五分と離れていない。俄《にわ》かに緊張が高まった夏樹は血相を変え、ひしめく雑居ビル群からたった一つの看板を探し始めた。

「安藤……」

唐突に現実味を帯びた可能性に、喜びより先に不安が募る。八年前に信久を追えなかったように、今もまた土壇場でためらいが生まれていた。

やめておいた方がいい。信久は、自分を見て逃げたのだ。

会いに行って、はっきり拒否されたら傷つくだけじゃないか。

――でも。

「あの～……お客さん……？」

「ハ、ハッピータイム、い、い……」

「え？」

「うん、今はハッピータイムだもんな。行くなら、ベストタイミングだよな？」

「や、その、ハッピータイムは六時までなんで……」

「わかってる。行くなら急がなきゃダメなんだろ？」

「は……はぁ」

食い入るように見つめられ、呼び込みの青年は引きつった笑顔で頷いた。背中を押された夏樹は勇気を得て、よし、と決意を固める。ハッピーの名前にあやかって、ここは勇気を出してみよう。もしも結果が悪かったとしても、半額ビールで自分を慰《なぐさ》めればいい。

「一名様、ご案内しまーす」

何はともあれ、客をゲットした青年は安堵《あんど》したようだ。いそいそ店の入っているビルまで夏樹を案内すると、エレベーターの前でぺこりと頭を下げた。

「居酒屋『九兵衛』は七階です、行ってらっしゃいませ！」

「ありがとう」

いろんな意味で礼を述べ、夏樹は神妙な顔で乗り込んだ。

エレベーターの扉が開くと、そこはすでに店の中だった。有線からジャズの軽やかなメロディが流れ、青年からの連絡を受けて待ち構えていた店員が「いらっしゃいませ！」と威勢よく声をかけてくる。呼応するように奥からも複数の挨拶《あいさつ》が続いたが、一番最後の無感動な「いらっしゃいませ」で夏樹は心臓が止まるかと思った。

「い……」

間違いない、信久の声だ。

「いた……」

無愛想でぶっきらぼうで、第一印象最悪の取っ付き難《にく》さ。

これでよく客商売をやっているものだと、逆に感心するほどだ。

「お客様、お煙草はお吸いになりますかぁ？」

「え、あ……はい」

「では、こちらへどうぞ！」

やたらと声を張り上げて、店員が先に立って歩き出す。内心それどころではなかったが、信久はこちらに気づいていないのかさっさと奥へ消えてしまった。遠目にちらりと見た横顔が紛《まぎ》れもなく本人なのを確信し、夏樹は（落ち着け）と必死に自分へ言い聞かせる。ここで騒ぎを起こしたら、何より彼に迷惑がかかるだろう。

気もそぞろに喫煙席の個室へ通され、上の空でお絞《しぼ》りの袋を破る。生ビールを注文したことはうっすら覚えているが、ほとんど口をつける気にはなれなかった。

（とりあえず、どうしようか。フロア担当みたいだし、頃合いを見て話しかけて……）

個室と言っても、二人も座ればいっぱいの狭苦しい空間に通路側を布で目隠ししただけのものだ。ここで店員と個人的な話をするのは、まず無理だろう。第一、席の担当は最初に出迎えてくれた青年のようだ。とすれば、自分が出て行って捕まえるしかない。

（職場だし、あんまり目立つことしたらダメだよな。店が混んできたら立ち話も無理だ）

ハッピータイムにあやかって、せっかくビンゴを引き当てたのだ。この幸運は絶対に活《い》かしたい。夏樹はしばし考え、そうだ、とバッグから手帳を取り出した。業務のスケジュール管理は携帯電話で賄《まかな》っているが、紛失や故障の場合を考えて併用しているのだ。

何が役立つかわからないな、と苦笑しながら、急いで一枚を破ってメモを書きつける。小さく折り畳んだそれを持って、夏樹は個室から表へ出た。

（安藤は……）

中途半端な時間のせいか、まだ店内にさほど客はいない。ぐるりと周囲を見回すと、無人のテーブルを無表情に拭《ふ》いている姿が目に入った。

（――やっぱり安藤だ。やっと見つけた）

他の店員と会話をするでもなく、黙々と働く様子が生真面目《きまじめ》な彼らしい。まだ余裕で学生として通りそうな容貌は、少しも昔と変わっていなかった。眼鏡ですら、出会った頃と同じ洒落《しゃれ》っ気のないフレームのままだ。

もう少しオシャレに気を使えば、きっと見違えるようになるのに。ふと、以前彼を怒らせたセリフが夏樹の脳裏を掠《かす》めていった。けれど、年月を経て改めて見てみると、信久はそのままで充分に魅力的だ。髪を弄ったり流行の服装をしていなくても、凛《りん》とした眼差しと潔癖な佇《たたず》まいは、他の誰にも真似ができない。

（あの頃《ころ》、それがわかっていたら……何か違っていたのかな……）

いや、と即座に否定した。高校生の夏樹だって、ちゃんとそれくらいわかっていた。そうでなくては、あんなにも強く惹《ひ》かれるはずがない。

意を決して、ゆっくりと彼に近づいた。

最初にかける言葉は、もう決めてある。声が震えないかだけが心配だったが、自分だってもう大人だ。強がりを上手に隠す方法くらい、ちゃんと会得していた。

「――久しぶり」

努めてさりげなく呟くと、ふきんを持つ信久の手がピタリと止まった。意表を衝いたせいか逃げはしなかったが、視線は頑《かたく》なにこちらを見ようとはしない。全身が緊張で強張《こわば》り、小刻みに震える細い肩に胸が痛んだ。

「これ読んで。その後は、おまえが決めていい」

「………」

「安藤が出した答えに、俺は従うから」

そう告げるなり、有無を言わさず彼の手にメモを握らせる。突っ返される前に急いで背中を向け、まずは第一段階突破に安堵の息をついた。

「仕事中に邪魔してごめんな」

最後は今一つ決まらなかったが、余計なことを口走るよりマシだろう。バクバクと音をたてる心臓を宥《なだ》めながら、夏樹はその足で会計を済ませて店を出た。生ビール一杯、僅《わず》か二百五十円の滞在は心苦しかったが、それ以上に早く一人になって頭を冷やしたかった。

「従うって……もうちょっと、他に言い方なかったのかよ……」

あれこれ思い返して後悔しても、すでに後の祭りだ。

運を天に任せて、夏樹は溜め息を飲みこみ帰路に着いた。

信久から電話がきたのは、日付が変わる寸前のことだった。半分以上諦めていたので、まさかの展開に夏樹は動揺する。会話はぎこちなく一分にも満たなかったが、メモにしたため た住所にこれから行ってもいいかと言われて耳を疑った。

「……こんばんは」

「遠慮しなくていいよ。俺、一人暮らしだし」

深夜なので声をひそめて答えると、それだけで秘密の匂いが滲《にじ》む。そんなささやかな事実にこそばゆさを感じながら、ドアを開けた夏樹は無愛想な来客を招き入れた。

「こんな遅くにすまないな。明日は会社だろう?」

「いや、平日でもまだ起きてる時間だよ。気にしなくていいって」

「………」

「とにかく上がれって。外、寒かっただろ?」

凍《こご》える息が、八年ぶりの逢瀬《おうせ》を白く曇らせる。鼻の頭を赤くした信久は、弱点を指摘されたように気まずくしかめっ面《つら》を作った。羽織っているダッフルコートのせいでますます学生っぽさに磨《みが》きがかかり、ともすれば過去へ戻ったような錯覚を夏樹に起こさせる。

(でも、考えてみたら……俺、安藤の冬服って見たことないんだよな)

夏の終わりに、ひと月にも満たない時間を一緒に過ごした。

それなのに、出会った誰よりも濃密な陰影を記憶に残している。

信久とは、そういう相手だった。

「お邪魔します」

「うん、どうぞ。コーヒーでも用意するよ」

「別にいい。すぐ帰るから」

「来る早々、そんなこと言うなって。仕事上がりで疲れてるんだろ? 休んでいけって」

「………」

ためらいがちに部屋へ向かう背中を見届けてから、夏樹はホッとして内鍵をかける。少なくとも、信久は話をするつもりで訪ねてきてくれたのだ。ハッピータイムの賭《か》けは、夏樹の勝ちに終わった。

「今日、『九兵衛』に来たのは偶然じゃないんだろう？　よくわかったな」

「おまえ、あの店のエプロンしてたから。でも、思い出すまでに時間かかったよ。何せ、ほんの数秒しか見てなかったしさ。加えて、シフトに入っている時でラッキーだった」

「もしかして、探し回ったのか？」

「あ〜……それは……」

偶然で通すのも白々しいので、曖昧《あいまい》な答えでお茶を濁《にご》す。どうせ見透かされているだろうが、正直に認めれば信久が負担に感じるのではと危惧《きぐ》したからだ。

「寒いか？　ごめん、暖房強くしとけば良かったな」

淹《い》れたてのコーヒーを持ってキッチンから戻ると、夏樹は律儀に正座して待っている信久へカップの一つを手渡した。

「……岸川」

「うん？」

「あの店はバイトなんだ。週末の二日間だけ働いて、平日は別の所へ勤めている」

「掛け持ちしてるのか？　じゃあ、休みなんかないじゃないか。身体《からだ》、大丈夫なのかよ？」

「おまえには……関係ない」

驚いて問い返した途端、素っ気ない声が返ってくる。浮かれていた夏樹はぐっと言葉に詰まり、所在ない気持ちで傍らに腰を下ろした。やはり、信久には気安くなれない事情があるのだろう。

「いただきます」

両手で渡されたカップを持ち、信久が小さく呟いた。

「岸川とコーヒーを飲んでいるなんて、不思議な気がするな」

「あ、さっき俺も思ってた。冬服の安藤を見るの、初めてだよなぁって」

「それは、夏しか会ってなかったんだから……」

「もっと、いろんなことしとけば良かったよな。屋上遊園地でしか会わなかったし、お互いの家だって知らなかったんだもんな」

だけど、と続きは心の中に留める。

永遠に失ってしまう場所を惜しむのに、俺たちは精一杯だったんだ。

「あのさ、俺、写真撮ったよ」

「写真？」

湯気で曇ったレンズのまま、訝《いぶか》しげに信久が反芻する。

「そう。おまえんちのデパートが取り壊されていくところ、毎日通って最後まで撮った」

「………」

「誰に見せようってわけじゃないんだ。もちろん、安藤にも。ただ、何かしないといられなくて。ちゃんと存在していた場所なんだって、確認しときたかったのかな。おまえには、また〝見返しもしないのに〟って怒られるかもしれないけど」

「そんな話、一言も……」

「機会があれば話せたと思うけど、まぁ、いろいろあったから」

いろいろって、と言いかけて、そのまま彼は黙り込んだ。自分が夏樹のメールを無視したことを、覚えているからに他ならない。しばらく考え込みながら、信久はシャツの裾《すそ》で眼鏡を拭いてかけ直した。

「俺は……一度も見てないよ。あの街にも帰ってない。もっとも、帰る家なんかあそこにはないんだけど。デパートは解体して、駐車場になったって聞いている」

「うん、立体駐車場な。街の人口も増えたし、近くにショッピングモールもあるから利用者は多いみたいだぜ。俺も、大学から東京で一人暮らし始めたからあんまり帰ってない」

「そうなのか？」

「快速で二十分の道程が、中途半端でかったるくてさ。逆に足が遠のくんだよな。その気になればいつでも帰れるんだって、そう思うと余計にな。親には散材させちゃったけど」

「それは、岸川に帰れる場所があるからだよ」

突き放した答えだが、存外柔らかな音色で信久が言った。

夏樹は少なからず戸惑い、離れている歳月の間、彼に何があったんだろうと思う。今夜は会えたことが嬉《うれ》しくて、あれこれ詮索はするまいと決めていたが、摑みどころのない信久の態度に焦《あせ》りにも似た感情を覚えていた。

お互いに、変わったところもあればそのままの部分もある。そんな当たり前な事実が、本人を目の前にすると強い説得力をもって迫ってくる。自分についてはわからないが、少なくとも夏樹の目に映る信久は頑なな雰囲気が昔と同じだった。残念なのは、それが打ち解ける以前のものだということだ。

「……何?」

こちらの表情を読んだように、憮然《ぶぜん》と信久が口を開く。

「コーヒーご馳走《ちそう》さま。俺、そろそろ帰らないと」

「え? あ、そうか、勤め人なんだっけ。なぁ、何の仕事……」

「聞いてどうするんだよ。今度は、会社まで来るつもりか?」

「…………」

心ない一言に、思わず表情が強張った。直後に（しまった）という顔をし、信久は目に見えて狼狽《うろた》える。そうして、消え入りそうな声で「ごめん」と謝ってきた。

「その……嫌な言い方をして……」

「………」

「ごめん、岸川……」

返事がないのが余程堪《こた》えたのか、おもむろにこちらへ向き直る。

濁りのない黒目が、天井の照明を浴びて真摯《しんし》に瞬いた。

「俺、学習塾の講師をしているんだ。小学生の」

「塾の講師？」

「ああ。だから、居酒屋でバイトしているのはちょっと外聞が悪いというか……あまり人に知られたくない。でも、時給がいいから辞められないんだ。そういうことだから……」

「何か困っているのか？　金が必要なのか？」

「それは……」

言い淀《よど》む信久に、さすがに早急すぎたと夏樹は反省する。会話は終始ちぐはぐで、離れていた歳月の長さを思い知らされたが、それでも自分のことを話してくれたのだ。今日は、もうここで満足するべきだと思った。

「なぁ、安藤。帰る前に一つだけ訊いていいか？」

「何だ？」

思いがけない再会から、ずっと気に病んでいたこと。

夏樹は、思い切ってそれを口にした。

「おまえは後悔しているか？」

「何を……」

「俺と、八年ぶりに再会したこと」

「………」

かつてと同じ癖で、驚いた信久が何度も目を瞬かせる。その表情は否定とも肯定ともおぼつかず、夏樹を更なる困惑に追いやった。納得し難い形で縁の切れた相手と、また友情を復活させたいというのはそんなに無謀な願いだろうか。

「もし、おまえが嫌じゃなかったら、俺はまた安藤と会いたい。ちゃんと約束をして、時間と場所を決めて、もっとゆっくり話がしたいよ。それは、絶対に無理なことか？」

「ぜ、絶対なんてことは……」

「じゃあ、次は約束しよう。ちゃんと守れる約束を」

「岸川……」

勢いに任せて詰め寄ると、熟考した後で「わかった」と頷かれた。

「だけど、俺からも一つ頼みがある」

「え？」

「俺に何があったのか、どうして連絡を絶ったのか、訊かないでくれないか？」

「安藤……」

「本当は、今夜ここへ来たら岸川とはもう会わないつもりだった。ただ、黙って逃げ回っているのは卑怯だと思って、それで……」

夏樹にとってはショッキングな事実だったが、信久の苦しげな様子を見ていれば苦渋の決断だったのは明らかだ。それに、話したくないというものを無理に訊き出すつもりは毛頭なかった。大切なのは、再び信久を失わないこと。ただ、それだけだ。

「岸川には……申し訳なかったと思っている。でも、今更だけど誤解しないでほしい。おまえは少しも悪くない。単純に俺の方の問題で……だから……」

俯き加減に視線を避ける信久は、ひどく頼りなく見えた。一人で何かを抱えているのは一目瞭然で、夏樹は思わず抱き締めたくなる。必死に理性をかき集めてかろうじて堪えたが、これ以上一緒にいれば自信がなかった。

信久に触れて、抱き締める。自分は、そこまでで止められるだろうか。高校生なら考えもせずできたことでも、大人には理由が必要になる。だが、頭のどこを探しても明快な説明などできそうもなかった。第一、そんな真似をしたらもう友達ではいられなくなる。

『だって、おまえが一番欲しいんだ』

感情のまま、素直に口にできた言葉が今はとても遠い。

あの時に重ねた唇を、信久は忘れたがっているかもしれないのだ。

「岸川……？」

「え……あ、ああ、ごめん。大丈夫、訊いたりしないよ。良かった、俺が嫌われたんじゃなくて。おまえに何かしたのかって、けっこう気を揉《も》んだんだからな」

「ごめん……」

心底申し訳なさそうに、深々と頭を下げられた。謝って済むことじゃないけど、と小さく付け加えられた一言に、八年間彼が罪悪感を抱き続けていたことを夏樹は知る。避けられて確かに傷ついたが、同じかそれ以上の傷を信久も負っていたのだ。それを、どうにもしてやれないのが悔しかった。

「気をつけて帰れよ。ほら、コート」

終電などとっくになくなっていたが、泊まっていけと引き止めても無駄だろう。車を拾うから大丈夫だよ、と言い、靴を履《は》いた信久はくるりとこちらに向き直った。

「さっきの質問に答えるよ」

「え……」

「後悔してない」

「…………」

「岸川と再会したこと、後悔してないよ。いろんな理屈をすっ飛ばして、ただ嬉しかった。自分からおまえの手を離したんだし、喜ぶ資格なんかないって思うけど……」

「安藤……」

ありがとう、と呟く声が、波のように胸の憂《うれ》いを攫《さら》っていった。

特別な相手から送られるたった一言が、八年分の澱《おり》をみるみる溶かしていく。

「おやすみ、岸川。……またな」

「ああ……おやすみ」

頷き返すと、たどたどしく信久が微笑んだ。少しは気が軽くなったのか、来た時よりも瞳の色が明るくなっている。その瞬間、夏樹は己の描いた未来を一つだけ思い出した。

おやすみ、と優しく言い合える夜。

そこに信久がいることを、自分はずっと願っていたのだ。

2

午前中に得意先を回り、新商品のPOPやノベルティの説明をきびきびとこなす。そのたびに「今日は、いつもに増して手際もいいし口も滑《なめ》らかだねぇ」と感心され、夏樹は我ながら単純だなと苦笑いをせずにはいられなかった。

「月曜の午前って、案外セールストークが効くんですよ。そのせいじゃないですか？」

まさか、長年絶縁状態だった友人と付き合いが復活しまして、なんて言うわけにもいかない。大手スーパーの売り場担当は「またまたぁ、カノジョでもできたんでしょう。あ〜あ、うちのパートさんたちガッカリするなぁ。岸川さん、アイドルだから」と好奇心たっぷりに誘い水をかけてきたが、そこは営業スマイルで切り抜けた。

「あ、岸川さん、おかえりなさい。部長が呼んでますよ」

「部長が？　俺、何かやったっけ？」

「さぁ……とにかく、戻ったらすぐ顔を出せって」

「そっか。ありがとう」

帰社するなり上司から呼び出しと聞き、一転気分が重くなる。入社当初こそ失敗をよくしたが、持ち前の要領の良さと人好きのする性格のお陰で大きなトラブルは起こさずにきた。

最近は、クライアントから名指しで注文を受けることもある。営業はきつい仕事だが、それなりにやり甲斐を感じ始めている今日この頃だ。

だが、そういう時だからこそ気が緩んでいたのかもしれない。内心びくびくしながら部長室に向かうと、予想もしていなかった話を切り出された。

「異動……ですか？」

「正確には、まだ決定じゃない。あくまで内々に打診してみよう、という段階だ。しかし、入社試験の時に岸川くんは企画開発部希望と言っていたそうじゃないか」

「え。ええ、まぁそうですけど」

「実は、数ヶ月前に君が社内コンペで提出した新商品の企画書、あれが開発部の目に留まってね。賞には漏れたが、試作品を作ってみることになったんだ。それで、どうせならチームに君も参加してみないかという話で……」

「………」

すぐには、言葉が出てこない。それほど驚きは大きかった。

夏樹が提案したのは、いろんな雲の形を切ることができる子ども用ハサミだ。簡単に解体することができ、雲の種類に合わせて刃先を組み替えられる。空色の台紙に貼って壁や天井に飾れば、ちょっと本格的な切り絵風味の作品が出来上がるという寸法だ。

「刃先の交換など、確実な安全性を考慮しなくてはならないからね。クリアすべき課題はたくさんある。だが、今後このハサミを使った『空の切り絵コンテスト』や、様々なイベントが打ち出していけそうだ。どうだね、開発部の連中と頑張ってみる気はないか？」

「空の切り絵コンテスト……いいですね！　響きだけでわくわくします！」

「当面は営業と二足のわらじになる。今までより忙しくなると思うが……」

「やります！」

今度は前のめりで即答した。抑《おさ》えきれない高揚を感じ、上司の前なのに顔が緩むのを止められない。俄かに視界がパァッと開いて、新しい扉が手招いている気分だった。

詳細は年が明けてから、という話で、それまでに企画書の練り直しを命じられる。雲の種類は何パターンに絞るか、児童が本当に興味を持つのか。シリーズ展開は可能か、広告はどうするか——考えることは、山のようにある。

「ありがとうございました！　失礼します！」

少し興奮気味に頭を下げ、勢いよく夏樹は部長室を後にした。廊下へ出るなり一刻も早く信久に伝えたくて、いそいそ携帯電話を取り出してみる。昨夜、彼が帰る間際に慌てて新しいアドレスと番号を聞いたばかりだ。

——でも。

「……文字じゃつまんねぇな」

メールを打ちかけた指を止め、ふっとそんな言葉が零れ落ちた。

「やっぱ、直接話したいよなぁ」

うんうん、と自分で肯定し、夜になったら電話してみようと思い直す。

そもそもコンペに出した企画書は、幼い頃に信久と交わした会話が元になっていた。屋上遊園地で戻らない母親を待ち、手を繋《つな》ぎながら仰いだ空。そこに浮かぶ雲を眺《なが》めて、二人でいろんな名前をつけたのだ。

『あっちが怪獣雲でー、その隣の小さいのは火の玉雲』

『じゃあ、あのひらべったいやつは？』

『あれは食パン雲。後ろのむくむくしたやつは、メロンパン雲』

『めろんぱん、いいなあ。ぼく、めろんぱんもぐがいい』

『もぐじゃないよ、くーも！』

『めろんぱんもぐ、たべたいなあ』

空腹を覚えた夏樹が真剣な顔で言ったので、あはは、と信久は笑い転げた。小さな足をジタバタ動かして、それでも右手だけは離さず笑い続けていた。

「メロンパンもぐ……」

口が回らなかったんだよなぁ、と苦笑し、今すぐ信久に会いたい、と強く思う。顔を見て他愛のない話をして、サイダーの代わりにビールでも飲んで。昔のことと、これからのことを、たくさん彼と分かち合いたい。

「そういうの、やっぱ変……かなぁ……」

夏樹にだって、この八年間で恋愛経験の一つや二つはあった。だから、信久に対する執着が友情を超えている自覚はちゃんとある。それに――たった一度とはいえ、キスもした。

「………」

キス――だよな。

何だか自信がなくなって、遠い記憶を追ってみた。抱き締めた腕の中で、真っ直ぐこちらを見返してきた信久。待ってろよ、と唇を重ねてきたのは彼の方だった。蒸し返すには今更すぎるが、本当はどういう気持ちでいたのか訊いてみたい。あれは名前のない衝動だったのか、それとも少なからず欲望を伴ったものなのか。

「でも……まずいよな」

自分にだって、正体がよくわからないのだ。焦って相手に答えを求めたところで、どちらの方向へ走ればいいのか見当もつかない。そんな曖昧《あいまい》な感情で、せっかく取り戻した付き合いを台無しにしたくなかった。

鬱陶《うっとう》しいわねぇ。何をぐずぐず、小難しく考えているのよ。

ふと、無遠慮な美秋の声が聞こえた気がした。

確かにそうだ、と夏樹は自嘲する。そういう意味では、自分もまた問題の本質から逃げているのかもしれなかった。そう、八年前に信久から避けられた時のように。

「とりあえず、今は仕事だ。やることがいっぱい増えたもんな」

役立たずの携帯電話を上着へ戻し、急いで頭を切り替えた。大丈夫だ、何も不安に思うことはない。彼は、再会を「後悔していない」と言った。ただ嬉しかったと、微笑んでくれたのだ。その言葉を聞けただけでも、積年の憂いは晴れたはずだ。

けれど……——。

再会を果たした今も、夏樹は信久を待ち続けている気がしてならなかった。

おかしい。

もし時計が狂ってないのなら、かれこれ一時間は約束を過ぎている。

「安藤の奴、まさかすっぽかしたんじゃないだろうな」

不安を打ち消すため、夏樹はわざと声に出してみた。だが、隣のテーブル席で女性の二人連れがくすくすと忍び笑いをしたので、すぐさま後悔に苛《さいな》まれる。これでは、待ちぼうけを食わされた情けない男決定だ。

くそ、と心の中で毒づき、とりあえず三杯目のコーヒーに口をつけた。待ち合わせは午後の八時。信久が講師を務める学習塾の、最後の授業が終わる時間だ。そこからこのカフェまで五分とかからないし、何かあれば携帯を鳴らしてくれと言ってある。

それなのに、待ち人は一向に現れなかった。

時刻は間もなく九時となり、カフェも閉店が迫っている。せっかく話したいことがあったのに、と夏樹は残念でならなかった。

(まぁ、企画の始動は来年だし急ぐ話じゃないけどさ)

退社後に「会いたいんだけど」と電話をしたら、意外にあっさりと約束が成立した。今までのすれ違いは何だったんだろう、と拍子抜けするほどだ。このカフェも信久の指定だったが、不幸なのは店内が全面禁煙なことだった。

(来なかったら、どうしようか)

あまり考えたくはなかったが、その可能性も無視できない。何故なら、急に全てが上手くいきすぎている。心配になってメールを送ってみたが、返信は一向に来る気配がなかった。

一方通行の連絡に関してはトラウマがあるので、それ以上しつこくするのは気が引ける。

店内には大きなクリスマスツリーが飾られ、通りに面した窓には街のイルミネーションが色鮮やかに反射していた。イベントを間近に控え、人も街もますます浮かれる一方だ。張りぼての陽気さに胸やけを起こしそうだが、独り身の僻《ひが》みと言われたらそれまでだろう。

「――お客様。大変申し訳ありませんが、そろそろ閉店時間ですので……」

「あ、すみません。もう出ます」

溜め息をつかないよう注意しながら、夏樹は店員に愛想笑いを向けた。すっぽかされたのは確実だが、こうなると何があったのかと不安になる。

タイミングが悪かったみたいだ。また連絡するよ。

未練がましいかな、と思いつつメールを送り、最後の客として店を出た。凍った外気にクリスマスソングが混じり、侘《わび》しさに一層拍車をかける。

淋しく家路を辿る夏樹の胸は、昼間とは対照的に重たくなっていた。


（岸川……）

メールの着信を知らせる携帯電話を、信久は苦い思いで握り締めた。文面なんて読まなくてもわかる。約束の時間は、とっくに過ぎているのだ。

（間に合わなかったか……悪いことしたな……）

俺、今度はおまえを待つから。

この場所と同じように、あの空が見えるところで
思えば、別れ際の言葉通り、自分は彼を待たせてばかりだ。本当なら八年前の不義理を責めたっていいのに、夏樹は再会だけを素直に喜んでくれた。もし、少しでも傷ついた顔を見

せていたら、信久は渡されたメモをそのまま捨てていただろう。今更、どの面を下げて友達付き合いを始めるつもりだと、今だって心のどこかで思っている。

（第一、俺はあいつの友達なんかじゃない。俺は……）

その先を言葉にするのが怖くて、無意識に唇を噛《か》んだ。

絶望の淵《ふち》に立たされた時、信久は祈りのように夏樹の声を思い出した。もし、二度と彼に会えなかったとしても、未来に繋がる約束は永遠に自分の宝物だ。何度だって取り出して磨くことができるし、その輝きがくすむことはない。

（岸川、岸川、岸川……――）

わかっている。あれは過去の出来事で、今夜の夏樹が待っているのは空が見える場所ではない。そもそも彼が覚えているとは限らないし、無邪気に会いたがるのは単なる懐かしさからだと思う。期待はしない、してはいけない。そんな資格など、一度は自分から彼を切ったくせにあるわけがない。

「安藤、悪かったな。急な残業を頼んじまって」

「あ……」

「どうした？　顔色があまり良くないぞ。大丈夫か？」

「あ、いいえ、大丈夫です。採点済みの答案用紙は、金庫へ入れておきますね。戸締りは僕がして帰りますから、先輩はどうぞ先に帰ってください。お疲れ様でした」

「そうか？　最後まで悪いな、じゃあお先に」

先輩講師の仲村《なかむら》が「お疲れ様」と肩を叩き、信久も愛想よく送り出した。彼の口利きがなかったら、学歴のない自分にはとても講師の仕事など得られなかっただろう。幸い講義内容は生徒からの評判も上々で、不器用なりに何とか続けているが、恩人からの急な頼まれごとを私用で断るわけにはいかなかった。

『約束、八時だよな？　何かあったのか？』

『タイミングが悪かったみたいだ。また連絡するよ』

一人になった教員室で、ようやくメールを読むことができる。仲村の手前、携帯電話など気にしない振りをしていたが、いっそ夏樹が怒って愛想を尽かすことを望んでいた。そうすれば今後は関わることもなくなるし、自分に嘘《うそ》をつき続けなくても済む。

（それなのに……）

連絡の一本も入れなかったのに、夏樹のメールには文句の一つも書いていなかった。それどころか、こちらの身を案じ、気遣ってくれているのが伝わってくる。出会った頃と同じ、素直な男なのだ。曇りのない真っ直ぐな好意を向けられて、信久の心は大きく揺れた。

（一緒にいてやるって、偉そうに言ったのは俺なのに……）

無意識に、指先が唇に触れる。

夏空の下で、白昼夢のようなキスをした。夏樹は、それを覚えているだろうか。

尋ねる勇気など持ち合わせていなかったが、信久はそっと目を閉じた。

部屋着に着替えてバスルームから出た直後、見計らったように玄関チャイムが鳴った。風呂上りの夏樹は頭にタオルをかけたまま、こんな時間に誰だろうと訝《いぶか》しむ。

「どちら様？」

「……あの……」

「………」

「あの、安藤……だけど……」

ドア越しの心細げな声を聞くなり、勢いよく玄関を開けた。生真面目なダッフルコート姿が目に入った途端、息が止まるほど苦しくなる。予想もしていなかった信久の来訪に、考えるよりも先に口が動いていた。

「おまえ、大丈夫だったのか？」

「え……あ、うん……」

「怪我《けが》とか事故とか」

「いや」

「病気とか携帯失くしたとか」

「違うよ」

「じゃあ、無事なんだな。何でもないんだな？」

気圧《けお》されるようにこくんと頷いた後、何を思ったのかいきなり信久が屈《かが》み込んだ。どうした、と面食らってつむじを見下ろしていると、床からフェイスタオルを摑んで顔を上げる。

「岸川、これ」

眼鏡の奥で瞳が和《やわ》らぎ、彼は小さな声で言った。

「落としたぞ。まだ髪が濡れてるから、早く乾かした方がいい」

「おま……それどころじゃ……」

「心配かけてごめんな。あと、連絡もしなくてごめん。すっぽかすつもりじゃなかった。ただ、急な残業が入って携帯弄れる空気じゃなくて……」

「もういいって。電話かメールで済むところを、わざわざ来てくれたんだろ？」

おずおずと差し出されたタオルを受け取り、ついでに信久を引っ張り上げる。不安が全て杞憂《きゆう》とわかり、嘘のように胸が軽くなっていた。

「わ……っ」

力が強すぎたのか、立ち上がった身体が夏樹に傾く。それを難なく抱き止めると、信久の顔がみるみる赤くなった。初心《うぶ》な反応に夏樹も照れ臭くなり、たちまち動きがぎくしゃくしてしまう。十代の子どもじゃあるまいし、とひどく決まりが悪かったが、相手が信久でなければここまで意識はしなかっただろう。昔から、彼は妙に夏樹を緊張させるのだ。

「じゃ、じゃあ、俺はこれで」

「え？　上がっていかないのか？」

支えた腕をやんわり押し返され、思いもよらない痛みが胸を塞《ふさ》ぐ。

「せっかく来たんだから、少し話そうぜ。泊まっていったっていいんだし」

「そんなわけには……」

「いいから」

半ば強引に中へ引き寄せ、夏樹はさっさとドアを閉めた。諦めていた約束が叶《かな》ったのに、たった五分の逢瀬ではあまりにやるせない。そんな思いが通じたのか、信久は存外素直に我儘《ままま》を受け入れてくれた。

「でも、本当に嬉しいよ。安藤の顔が、ちゃんと見られて」

リビングに落ち着いてから、手探りで会話を切り出してみる。コートを脱いだ信久は飾り気のないシャツにカーディガンというスタイルで、とても同年代な気がしなかった。生来の潔癖さ故か表情に俗っぽい澱《よど》みがなく、それが浮世離れした雰囲気に一役買っている。

だが、信久が放った第一声は夏樹をひどく驚かせた。

「おまえは、ちっとも変わらないな——岸川」

「え?」

一瞬、それはこっちのセリフだと面食らう。

「それって、どういう……」

「や、その……岸川が、成長してないって意味じゃなくて」

「ああ、うん。大丈夫、わかるから。俺、美秋にもよく言われてたし。〝あんたには、大人の男の渋みなんて永遠に無縁よね〟とかさ」

「お姉さんが? 相変わらず、はっきり言う人だなぁ」

「あれで、今は人妻だ。世も末だよ」

「結婚したのか?」

突然、信久の表情が一変した。瞳にたちまち翳《かげ》りが差し、柔らかな空気が萎《な》えていく。美秋とは付き合いなどなかったはずなのに、夏樹が困惑するほど急激な変化だった。

「何だよ、そんなにショックなのか?」

俄然面白くなかったが、何とか表情に出さずに話を続ける。

「ほら、安藤と最初に顔を合わせた夜。あの日が結婚式だったんだ」

「え……」

「あの時は披露宴の二次会でさ。だから、本当に偶然……」

「…………」

「安藤？」

どういうわけか、不意に信久が黙り込んでしまった。彼は夏樹の視線を避けるように、ぎこちなく横を向いたまま口を開かなくなる。

「おい、安藤。どうした？」

いくら声をかけても返事がなく、さすがに心配になってきた。仕方なく右手を伸ばして肩を摑もうとした寸前、信久がおもむろに立ち上がる。まるで触れるのを拒まれたようで、夏樹は激しく戸惑った。

「ごめん、帰るよ」

「え？」

「明日、岸川は休みだろ？　カノジョと約束とか、しているんじゃないか？」

「カノジョ……？」

何の話をしているのか、悪いがさっぱりわからない。そもそも美秋の結婚に過剰反応していたのが発端なのに、いつの間に話題がすり替わったのだろう。

「あ！　おまえ、もしかして麻理さんのこと言ってんのか？」

「麻理って誰だよ」

「あの時、俺と一緒にいた子だよ。美秋の親友なんだ。悪酔いしたのを介抱して……」

「…………」

「本当だよ。俺のカノジョってわけじゃない。大体、今付き合ってる子いないし」

弁明するのもバカバカしいほど、ありえない誤解だった。麻理には申し訳ないが、あの夜だって泥酔する彼女を見て「ラブはないな」と思ったほどなのだ。

それなのに、どうして——そう言いかけた時、貫くような視線を思い出した。気分の悪くなった麻理を介抱し、傍からはラブシーンに見えるかも……なんて悠長なことを考えていた最中、信久の存在に気がついたのだ。

「ちょっと待て」

頭の痛くなる展開に、冷静になれとくり返す。かなり以前に、確か同じような誤解を受けたことがあった。あの時は美秋が相手で、勘違いしたのはやっぱり信久だ。

「とりあえず、安藤は座って。そんで、落ち着いて俺の話を聞け」

「俺は落ち着いているし、終電が無くなる前に帰らないと」

「いいから！」

語気を強めて遮《さえぎ》ると、渋々と彼が座り直した。だが、憮然《ぶぜん》とした表情からは聞く耳など持つ気がないのは明白だ。しかし、実際に麻理とは何でもないのだし、すでに彼自身も勘違いだったと気づいているのではないだろうか。

（だったら、いつまでも不機嫌でいなくても……）

弱ったな、と思う反面、素の顔が覗《のぞ》けたようで微笑ましくもある。そういえば初対面の態度が悪かったのも、思い出の場所にカノジョ連れで来たと思われたからだった。

「あのな、安藤」

膝を突き合わせ、夏樹はほとんど鼻先がくっつくくらいに詰め寄る。

「くり返す。俺、誰とも付き合ってないから。こんなこと堂々と宣言するのも変だけど、俺は今フリーだ。だから、おまえが存在しないカノジョに遠慮する必要はない」

「で……でも」

「たとえ恋人がいたとしても、それと安藤は別だろ。俺は今日、安藤に会いたかったよ。約束の時間に来なくて本当は凄《すご》くがっかりした。だから、今はめちゃくちゃ嬉しい」

「…………」

「来てくれて、ありがとな」

今度は避けられないよう、しっかりと目を合わせて微笑みかけた。信久の顔が仄《ほの》かに染まり、それが不本意なのか渋面はますますひどくなる。けれど、夏樹にはちゃんとわかっていた。彼の呑《の》み込んだ氷が、少しずつ溶け始めていることを。

「会いたかった、安藤」

重ねて、想いを込めて、夏樹はささやいた。

「八年前からずっとずっと、俺はおまえに会いたかったよ」

「お……」

眼鏡の向こうで、目元が濃く色づく。

「俺だって……」

「安藤……」

「でも、きっともう無理だって……そう思っていたんだ。あの夜、岸川が女の人と一緒にいるところを見た時も、早く立ち去らなくちゃって。なのに足が動かなくて……」

「どうして」

すかさず、信久の言葉を捕えた。思わず両方の手首を摑み、縋《すが》るように口を開く。

「どうして、無理だなんて思ったんだ。俺、おまえに何かしたのか？」

「違う……」

信久は、怯《おび》えたように首を振る。

「そうじゃないんだ。岸川のせいじゃない。俺が……」

「安藤？」

「俺が……」

苦しげに顔を歪《ゆが》め、彼は逃れようとして身じろいだ。だが、その瞬間夏樹の胸を支配したのは、信久に対する強烈な独占欲だ。自分の知らない表情を覚えさせた年月に、夏樹は理性を飛ばすほど嫉妬《しっと》した。

「安藤……――」

考えている余裕など、とうに消えていた。夏樹は摑んだ手首を引き寄せ、そのまま信久と唇を重ねようとする。息が触れ、狼狽する瞳を最後に目を閉じかけた時、思いがけず強い力でドン！　と突っ撥《ぱ》ねられた。

「お、俺、帰るよ！」

言うが早いか、尻餅をつく夏樹を置いて信久が立ち上がる。彼は振り返りもせず玄関へ直行し、やがてドアの閉まる音が空しくリビングまで届いた。

「………」

しばらくの間、夏樹の思考は完全に止まっていた。

八年ぶりの再会。約束の夜。

物言いたげな信久の瞳は、間違いなく何かの秘密を抱えている。

「何、やってんだよ、俺……」

深々と溜め息を漏らし、バツの悪さを嫌というほど嚙み締めた。

高校時代の延長気分ではダメなことくらい、信久の態度を見ればわかりそうなものだ。それなのに、不埒《ふらち》な衝動を堪えられなかった。

「だって……なぁ……」

たった一度だけだったが、触れたことがあるんだよ。

淋しく胸で呟き、指先で己の唇をなぞってみる。

いつか必ず会おうと誓い、言葉を置き去りに想いだけを重ねた。あの束の間の口づけを、信久はもう封印してしまったのだろうか。

「また、友達からやり直しか……」

それでも、もう一度彼を失うよりは絶対にいい。

空虚な心を慰《なぐさ》めるため、夏樹は何度も自分へそう言い聞かせた。


その話を耳にしたのは、クリスマスイブ直前のことだった。

「安藤の姉さん？　いや、初耳だけど……」

『ああ、やっぱりね。少し年が離れていたみたいよ。ええと、五歳くらい上かな』

パソコンのモニター越しに、美秋の勝ち気な顔が映っている。彼女が渡欧してからはスカイプが主な連絡ツールになっていたが、こうして時差も無視して会話していると海を越えた場所にいるなんて嘘のようだ。慣れない海外暮らしでやつれるどころか、新天地で見るもの聞くものに新鮮な感動を覚えているらしい。

（日本が夜の十時だから、冬時間の向こうはまだ午後三時か）

信久が引っ越した当時は、こんな手段があるなんて思いも寄らなかった。どのみち彼の性格では嫌がりそうな気もするが、連絡が途切れると知っていたらあらゆる方法で異変を察知できるように頑張ったと思う。顔を見て話すだけで、声や文字だけではわからない微妙な変化に気づいたかもしれないのだ。

そんな益体《やくたい》もないことを考えていたら、続く美秋の言葉に凍りついた。

『お姉さん、交通事故で亡くなったのよ』

「え……」

『ちょうど、あんたが安藤くんから返事がないって心配していた頃よ。気の毒に、まだ新婚だったんですって。それで、安藤くんも通っていた高校を中退して……』

「ちょ、ちょっと待てよ。何で、美秋がそんなことまで知ってんだよ」

姉の存在でさえ初めて知ったのに、あまりの展開の早さについていけない。狼狽える夏樹を気の毒そうに見つめ、美秋は軽く眉根を寄せた。

『実はね、慎一《しんいち》さんの商談相手がこの間こっちへ出張に来たの。で、家に招いて家庭料理をご馳走したんだけど、その人の上司が安藤くんの義兄だったのよ。最初は気づかなかったんだけど、上司の亡くなった奥さんが私と同郷で……みたいな流れになって、潰《つぶ》れちゃったけど実家がデパート経営をしていたって言うからびっくりして』

「…………」

『お姉さんの旦那《だんな》さん、ずいぶん資産家らしいわよ。上司って言っても父親の会社だから、ゆくゆくは社長になる人なんだって。安藤くんのお姉さん……つまり奥さんを亡くされてからも、再婚しないで独《ひと》りでいるんですって』

途中から夏樹が黙り込んでしまったので、美秋は非常に話し難そうだ。だが、信久と音信不通になった時の落ち込み具合を見ているだけに、黙ってはいられなかったのだろう。因果関係はわからないが、姉の事故死と時期が重なっているのは単なる偶然とは思えない。

（大体、お姉さんの話なんか一度もあいつの口から出ていないし）

友達としてやり直そう、と決めたものの、あの日から信久とは会っていなかった。何を口実に連絡したらいいかわからなかったし、未遂に終わったキスの理由も説明できる自信がなかったからだ。もともと再会してからも、張り詰めた水面を揺らさないよう互いに注意深く振る舞っている。あの晩、自分たちはそれに気づいてしまった。

『もしもし？　ちょっと夏樹、聞いてる？』

心ここにあらずの弟へ、美秋が語気を強めて話しかけてきた。慌てて我を取り戻し、夏樹は強張った笑みで「うん」と答える。

「美秋、ありがとう。俺なら大丈夫だよ。それに、安藤とはちゃんと会えたし」

『え、そうなの？　やだ、良かったじゃないの』

「やっぱり、以前のようにはいかないけどな。まぁ、仕方ないよ。お互いに、いつまでも高校時代を引き摺《ず》ってはいられないさ。だって、八年もたってるんだもんなぁ」

『あんた……』

無難に話をまとめたかったのに、どうも逆効果だったようだ。

一瞬で彼女の表情が険しくなり、画面の向こうから睨《にら》みつけてきた。

『たかだか二十五歳の若造が、何冷めたこと言っちゃってんのよ』

「え……や、だってさ」

そういう美秋だって、一つしか違わない。だが、彼女にその理屈は通じないようだ。

『あたしには、安藤くんと上手くいかない言い訳にしか聞こえないわね』

「美秋……」

『何が仕方ないのよ。あんたが〝いいな〟って感じた安藤くんの根っこは、年月がたてば劣化しちゃう程度なの？　もしそうなんだとしたら、それは八年の歳月のせいじゃないわ。あんたに、見る目がなかっただけよ』

「………」

『高校時代を引き摺って、何が悪いのよ。あの頃があるから、今のあんたたちがいるんじゃないの。だって、私はちゃんと見てきたわよ。馴染《なじ》めなかった義父《とう》さんと、あんたがゆっくり距離を近づけたこと。そこには、いつも安藤くんの存在があったことも ね。彼が直接何かをしてくれたわけじゃないけど、あんたは彼といてホッとできたんでしょう？　安藤くんがいるから、素直になれたんじゃないの？』

腹立たしげにまくしたてる言葉、その一つ一つが勢いよく夏樹にぶつかった。見栄や体裁の殻を打ち砕き、情けない自分がむきだしになる。

確かに、彼女は正しかった。

夏樹はすれ違う信久との心の距離を、他に原因があるんだと思い込もうとしていた。

（そんなはずないのに。俺たちの問題は、俺たちにしか理由はないんだから）

信久にキスを拒まれた時、それなら一生曖昧なままでいいと思った。ただ一度の触れ合いは、別れの感傷がさせた行為だったと自分をごまかせるから。でも、本心はそうじゃない。

夏樹は、今この瞬間にも信久が欲しい。恋慕か執着か、そんなのはわからないけれど、彼の視界に映る自分は『友人』を演じているだけだ。

「美秋、俺は……」

『あ～もういいから。あんたの顔つきだと、何か告白したいっぽいけど。でも、一番にそれを聞くのは私じゃないでしょ。順番間違えると、また苦労するわよ』

「うん……そうか。そうだな。じゃあ、次に話す時は告白じゃなくて報告にする」

『そうして。北国で孤独に震える姉があったまるような、とびきりの内容にしてよね』

「わかった」

誰が「孤独に震え」ているんだよ、と笑いながら通信を切る。

気持ちの行方が定まった途端、無性に信久の声が聞きたくなっていた。

3

明日会おうと誘ったのは、特別な日だからじゃない。

たまたま、予定が空いていたのだ。それがクリスマスイブだったのはあくまで偶然で、むしろ若い男が約束もないという事態を俺は密かに憂いている。だったら一人でいるより友達と一緒の方が楽しくはないか？　そういうわけなので、絶対に他意があるわけじゃない。

『もういいよ、岸川』

必死で言い訳に努める夏樹を、信久が苦笑交じりに遮った。携帯電話を通して耳に流れ込むひそやかな声は、真夜中に二人ぼっちな錯覚を起こさせる。

『この前のことなら、別に何とも思ってない。俺の方こそ、勝手に押しかけたくせに帰ったりして悪かった。その……上手く言えないけど……とにかく、もういいから』

「安藤……」

『いや、はっきり言うと俺の方に責任があるんだ。岸川に焼きもちみたいなこと言って、本当に女々しかったよな。おまえにカノジョがいようがいまいが、そんなの確かに関係ない。岸川が言った通り、それと俺のことは別だから』

「そ……んな風に……」

『え……？』

「そんな風に言うなよ……」

いきなり突き放された気がして、夏樹はもどかしく言葉を探した。もし信久が妬《や》いてくれたのだとしたら、その方がよっぽど嬉しいのだ。けれど、気まずさから連絡を怠《おこた》っていた間に一人で結論を出し、彼はやたらとさばさばした声を出す。

『俺のことなら、心配しなくていいんだよ。岸川』

「いや、するだろ。友達なんだから」

『友達……』

「あ、や、つまり、友達にはああいうこと……しないもんだけど……」

『………』

まずい、墓穴を掘った。

バカバカ、と自分を罵《ののし》り、余計なことを口走らない内に話を切り上げることにする。美秋との会話で恋を自覚したのはいいものの、信久に打ち明けるかどうかはまた別問題だった。いずれ隠しきれなくなるだろうというボンヤリした予感はするものの、性急に動いて今の関係を壊したくない。

待ち合わせの時間や場所を慌てて決め、じゃあなと明るく電話を切った。わざとらしかったかな、と思ったが、きっと信久も微妙な空気をあえて無視しているのだろう。

「八年前……何があったんだよ、安藤……」

美秋から聞かされた、お姉さんの事故と何か関係があるのは間違いない。けれど、訊かないと約束した以上、こちらから口には出せなかった。その空白がもどかしくて、夏樹は長い溜め息をつく。全てのすれ違いがそこから始まっているのに、わからないまま信久との距離を埋められるのだろうか。

これは、罰かもしれないと思った。

八年前に信久を追いかけられなかった、その報いを自分は受けているのかもしれない。

「……くそ」

零れ落ちる弱音を、夏樹は無理やり飲み込んだ。


「うん、もう会社は出た。いや、そんなに時間はかからないよ。あと十分くらいかな」

携帯電話で忙《せわ》しなく話しながら、急ぎ足で待ち合わせ場所に向かう。気の利《き》いた店はどこも混んでいるだろうから、惣菜と酒を買って夏樹のマンションで食事をする予定になっていた。先に仕事が終わった信久は、食料品街の充実ぶりで有名な某デパートの正面玄関で待っている。寒いから中に入っていろと言ったのだが、一階フロアの香水や化粧品の匂いが苦手なんだそうだ。

「麻理さんの件も、イブに一人だって言ったらやっと納得したみたいだし」

大体、信久は思い込みが激しすぎると思う。学校の勉強はできるくせに、夏樹が女の子と親しくしているとすぐに恋人と誤解する。彼自身が色恋に免疫がなさそうだからなのか、あるいはこっちがそれだけデレデレしているように見えるのか。

「そうだとしたら、それなりにショックだ……」

学生の頃からナンパに思われがちだが、案外夏樹は身持ちが固い。人懐こいので異性の友人は多いけれど、遊びやノリで付き合うようなことはなかった。

だからこそ――信久は特別だ。

『あんたはホッとしたんでしょう？　安藤くんがいるから、素直になれたんじゃないの？』

まったく美秋の言う通りだった。だから、信久を大事にしたかった。一番欲しい相手だ、と屋上で打ち明けた、あの言葉をもう一度彼へ伝えたい。自分といることが苦痛でないのなら、何度でもチャンスをくれと願いたかった。

「しっかし、凄い人出だな。デパートの正面玄関なんて、待ち合わせには最悪だ」

滑り込みでプレゼントを買う人も多そうだし、普段に輪をかけて華やかなウィンドウディスプレイに人が自然と集まってくる。もうすぐそこまで来ているのに、人の山とクリスマスの飾りつけで、少しも信久の姿が見つからなかった。

「……電話で呼び出した方が早いかな」

さすがに、イブの夜はいつもに増して賑やかだ。本番は明日だというのに今夜で燃え尽きると決めたかのような勢いで、ネオンも呼び込みも古今東西ごちゃまぜのクリスマスソングも、全部一緒くたに盛り上がっていた。

「……いた」

溢れる人込みの中、ようやく信久の姿を見つける。

お馴染みのダッフルコートに銀縁眼鏡。所在無げな表情は、迷子の子どものようにあどけなかった。あれで怒ると射るような目つきで睨むのだから、バカにはできない。

「安藤、悪い。待たせた……」

こちらに気づかせようと右手を上げかけて、そのまま夏樹は動きを止めた。

三十半ばくらいの男性が、信久の腕を摑んで詰め寄っている。端整な横顔には深刻な表情が刻まれ、上等な身なりに似合わず取り乱しているのが見て取れた。

「何だ……?」

周囲が騒がしいので会話までは聞き取れないが、二人は明らかに揉《も》めている様子だ。剣呑《けんのん》な雰囲気に通行人が何事かと振り返り、顔をしかめて通り過ぎていく。異質な組み合わせだけに事情が飲みこめず、誰も止めに入れないようだ。

——と。

「いい加減にしてください！　あなたには関係ないことです！」

一際大きな声が、はっきりと夏樹の耳へ届いた。苛立《いらだ》ちを含んだ鋭さに、しつこく食い下がっていた相手が僅かに怯《ひる》む。今だ、と夏樹が駆け出し、信久を庇《かば》うように立ち塞がった。

「すみません、あなたは安藤のお知り合いですか？」

「君は……？」

「岸川と言います。安藤の友人です」

「岸川……」

正面から真っ直ぐに名乗ると、男が困惑をはっきり顔に出した。

「そうか、君が岸川くんか」

「俺のことをご存知なんですか？」

意外な反応に面食らい、少し調子が狂ってしまう。間近で観察する男は、やはり正真正銘の紳士に見えた。仕立ての良いスーツに高級そうなコート、磨かれた革靴に洗練された佇まい。昨日今日の成金ではなく、生まれた時から一流に囲まれている人種だ。

「すみません、俺はあなたに見覚えはないんですが……」

警戒を怠《おこた》らないようにしつつ、やんわり探りを入れてみる。しかし、向こうは見事に夏樹を無視すると、名残惜しそうに信久へ言った。

「お友達も来たようだし、今日はこのまま退散するよ。また、日を改めて話をしよう。すまなかったね、人前で狼狽えてしまって」

「……いえ……」

「けれど、これだけは言っておく。私は、決して君と無関係な人間だとは思っていないよ。一年にも満たなかったが、由梨《ゆり》を通して一時は兄弟になった仲じゃないか。無論、彼女が亡くなった今でも、私は君を大切な弟だと思っている」

「…………」

苦々しく沈黙する信久をよそに、え、と夏樹はたじろいだ。

もしそれが本当なら、今の話は聞き捨てならない。それでは、彼が美秋の話していた人物なのだろうか。信久の姉と結婚し、死別した後も独り身でいるという資産家の義兄――その本人が、信久と揉めていたのか。

「君、岸川くんと言ったね?」

「は……はい」

唐突に、彼がこちらへ視線を向けた。やや緊張気味に返事をすると、柔らかな微笑が目に入る。少しだけ淋しげで、水彩画のように繊細な笑顔だった。

「私は、柿崎省吾《かきざきしょうご》と言います。身内のことで、みっともないところを見せて申し訳なかったね。せっかくの夜なのに、どうか許してほしい。ここで偶然信久くんを見かけたら、どうにも知らない顔ができなくて」

「い、いいえ。俺こそ、出しゃばった真似をしてすみません」

「何かあったら、いつでも連絡をください。信久くんを、よろしくお願いします」

しきりに恐縮する夏樹の手に、慣れた仕草で名刺が渡される。自分の名刺を渡しそびれたと気づいたのは、省吾が迎えの車に乗り込んで走り去ってからだった。

「すげ……リンカーンのリムジンかよ」

「——岸川」

場違いすぎる光景に呆然《ぼうぜん》としていたら、背後から険しい声で名前を呼ばれた。相手が怖ろしく不機嫌なのは、わざわざ顔を確認しなくても容易に想像がつく。

あ〜あ、と嘆息し、夏樹は覚悟を決めて振り返った。

「文句なら、家できくからさ。とりあえず、何か買って帰ろうぜ？」


食糧の調達を終えて一緒に帰宅したものの、信久はずっと塞ぎこんでいた。どこか上の空で口数も少なく、夏樹としては何とかしてやりたかったが方法がわからない。

「あのさぁ、そろそろ機嫌直せよ。勝手に割り込んで悪かったたって」

「…………」

「だって、しょうがないだろ。安藤がひどく嫌がってる風だったし、あんな険悪なムードでまさか義理のお兄さんとは思わないじゃないか」

「よしてくれ。あんな奴に、兄貴面なんかされたくないよ」

やれやれ。これでは、拗《す》ねている子どもと一緒だ。マンションへ戻ってからもこの調子なので、食事をする空気ではなくなってしまった。

だが、一つ意外な点がある。怒っているにも拘らず、信久は帰ろうとはしなかったのだ。少なくとも彼は今自分を必要としているのだと、そこだけは嬉しかった。

「せっかく美味そうな料理を買い込んだんだし、準備くらいはしとこうか？」

「……そうだな」

他にやることもないので、渋々と信久も同意する。用意した大小の皿にテイクアウトしてきた惣菜をあれこれ並べると、見違えるほど豪華な食卓になった。

「えーと右端から説明すると、栗と有機野菜を詰め込んだローストチキン、地中海のシーフードパエリア、ロブスターとアボカドのサラダにバーニャカウダ、パンはガーリック風味のカンパーニュで鴨《かも》のパテとブルーチーズも……」

「……凄いな……」

「目についたの、片っ端から注文したからなぁ」

さすがに不機嫌ではいられなくなったのか、信久が目を丸くして感嘆する。夏樹も苦笑しながら、「ケーキとワインもあるぞ」と付け加えた。

「俺、付き合ってた女の子とだってこんな贅沢したことないよ」

「岸川なら、気の利いたレストランにでも連れて行ったんじゃないのか？」

「まぁ、人並み程度だな。リンカーンでエスコートみたいなのとは違うよ」

映画の一場面みたいだったと思い返し、あそこまで金持ちではないにしろ、信久だって元は裕福な一家だったのだと切なくなる。父親の会社が倒産しなければ、地元の名家としてそこそこ恵まれた人生を送っていたはずだ。

（少なくとも、一週間休みなしで働くようなことはなかったよな）

居酒屋は夜の数時間だけと言うが、どうしてそこまで働く必要があるのだろう。有能な塾講師なら、食べていけないほど給料が安いとも思えない。屈指の進学校でトップクラスの成績だった信久は、その性格を鑑《かんが》みても優秀な講師なのは確実だ。

「あの場にいたんだから、大体のことは飲み込めてると思うけど」

腹を括《くく》ったのか、淡々と力強い口調で彼は言った。

「俺には五歳上の姉がいて、柿崎さんは姉の旦那さんだった人だ」

「由梨って……確かそう言ってたな」

「姉の名前だ。歩道橋から車道へ落ちて、運悪く走ってきたトラックに轢《ひ》かれた。結婚して半年もたっていなかったし、当時は自殺じゃないかって騒がれたよ」

「自……殺……？」

「不慮の事故にしては、歩道橋から落ちるって不自然だろう？」

「…………」

何と答えていいのかわからず、夏樹は顔色を失った。美秋も、そんな話はしていなかったからだ。けれど、もし姉の死が不運な事故ではないのなら、信久の不可解な行動にも少しだけ納得がいく。彼女が亡くなった時期と連絡が滞り出したのは、ちょうど同じ頃だった。

「遺書があったわけじゃないし、結局は事故って結論になったけど。でも、それで柿崎さんと家の縁は切れたんだ。子どももいなかったし、一年にも満たない結婚生活だしな」

「で、でも、さっき彼は……」

私は、決して君と無関係な人間だとは思っていないよ。

去り際の真摯な訴えは、まだ耳に残っている。夏樹の言わんとすることはわかるのか、信久は困ったように溜め息をついた。

「柿崎さんは、学費を援助したいって言ってくれているんだ」

「え……？」

「でも、俺は彼には甘えたくない」

「安藤……」

取りつく島もなく、頑なに彼は断言する。だが、それだけでは納得させられないと思ったのか、いくぶん口調を和らげて先を続けた。

「俺さ、医者になりたいと思ったんだ。東北の国立大で医学部目指してた」

「医者か……うん、安藤にはぴったりだな。面倒見いいし真面目だし、それに……」

「〝怒ると怖い〟からだろ」

「あ、うん、まぁ……」

図星をさされてしまい、仕方なく笑ってごまかす。だが、信久は気にした風でもなく「柿崎さんも同じことを言った」と呟いた。

「最初は奨学金を受けるつもりだったけど、彼が、学費を出すから頑張れって言ってくれて。ほら、家にはそんな余裕はなかったから。医学部は、何かと金もかかるしな」

「何だよ、俺そんなの全然知らなかった。あの頃、安藤は俺が進路を聞いても医学部なんて一言も言ってなかったぞ。ひってぇなぁ」

「ごめん。でも、二年の頃はまだ決めかねていたんだ。仙台へ移ってすぐ姉に見合い話が持ち上がって、とんとん拍子に話が進んで。姉の結婚後に両親が離婚したのも、きっと最初から決まっていたんだろうな。何も知らないのは俺だけで、周りはどんどん変わっていった」

「そんな……」

初めて聞くことばかりの内容に、夏樹は愕然《がくぜん》としてしまう。

高三の春までは頻繁《ひんぱん》に連絡を取りあっていたはずなのに、進路や姉の結婚、そして亡くなったことさえも信久は一言も言ってくれなかった。

「やっぱり、俺が頼りなかったせいだよな。もう少し俺がしっかりしていれば……」

「バカ言うな、逆だよ。岸川がいたから、救われていたんじゃないか」

「え？」

「岸川と屈託《くったく》のない話をしている時だけは、屋上遊園地にいる気分でいられたんだ。現実の煩《わずら》わしさや面倒なしがらみのない、俺が本当の俺でいられる場所に」

「安藤……」

「だから、あそこはもう無いんだ、と思っても耐えられた。俺には、岸川がいたから」

「………」

おまえが、唯一の逃げ場所だったんだ。

口の中で小さく呟き、信久はそっと俯いた。

彼の話によると、省吾と姉は政略結婚だったようだ。父親の負債は数億円に上り、とても一個人であがなえるものではなかったのだが、そこに援助を申し出たのが省吾の家だった。以前から家同士の付き合いがあり、加えて息子が由梨を見初《みそ》めていたと言われ、それからは驚くほどのスピードで結婚話がまとまっていった。

「だけど、俺は姉さんが借金のために結婚したなんて知らなかった。姉と柿崎さんはもともと幼馴染《おさななじ》みのようなものだったから、単純に好き合っているんだって……。でも、そうじゃなかったんだ。実際は借金だけでなく、仙台での生活費用や俺の学費も全て柿崎さんが用意してくれたものだった。両親も姉も俺には詳しい事情を話さなくて、財産を処分したからだと嘘をついていたんだよ」

「じゃあ、もしかしておまえ……」

「バカだろう？　家族に苦労かけて、俺だけ能天気なままで。姉が死んで全てがわかった時は呆然としたよ。自分に腹が立って仕方なかった」

「安藤……」

「柿崎さんは、引き続き面倒みるから心配するなって言ったよ。大学にも行けって。姉さんもそれを望んでいたからって、そう言うんだ。だけど、もし姉が自殺だったら？　借金のために結婚したけど、どうしても辛くて死を選んだんだとしたら？」

「………」

「俺が……俺たち家族が、そんな金で生活できるわけがないじゃないか！」

これまで押し殺していた感情が、いっきに迸《ほとばし》るような叫びだった。

夏樹はかける言葉もなく、ただ黙るしかなかった。彼のために何ができるのか、見当さえつかない。眼鏡の奥で潤《うる》む瞳を、ひたすら見守ることしかできなかった。

あの頃、傷つくことを怖れずに行動を起こしていたら。

情けない繰《く》り言を、また唱えている自分がいる。信久に拒まれるのが嫌で、連絡が途絶えてからも追いかけることを躊躇《ちゅうちょ》した。二人で見たあの空が壊れるのではないかと、想像の中で結論を出してしまった。

意気地《いくじ》がなかった。卑怯だった。

信久が苦しんでいる時に、差し伸べる手を持っていたくせに。

「柿崎さんからの援助を一切断って、俺は高校を辞めて働きに出た。収入なんて微々たるものだったけど、姉の保険金と出て行った父からの仕送りもあったから、母親と二人で何とか生活していけたよ。それから大検を受けて、もっと給料の良い職場に転職を考えていた時に塾講師の誘いを先輩から受けたんだ。場所は東京だったけど、条件はとても良かったから決心した。まさか、そこで岸川と再会するなんて夢にも思わなかった」

「俺だって……」

答える声が震えたのは、自己嫌悪を含んでいたせいだ。それに気づいたのか、信久は無理に笑顔を作るとようやく視線をこちらへ向けた。

「ほらな、やっぱり」

「何が……」

「岸川は、そういう顔をすると思ったんだ。きっと、何もできないって思い込んで自分を責めるんじゃないかって。だから、連絡できなかった」

わけがわからない。彼は、一体何を言っているんだろう。ついさっき「唯一の逃げ場所」

だったと吐露《とろ》したばかりなのに、どうして頼ってはくれなかったのか。

「あの頃は、おまえも高校生だった。未成年の学生に、俺の状況は背負わせられない。だけど、事情を知ったら絶対に岸川は行動すると思った。そうして、何も力になってやれないと傷つくだろう。何の咎《とが》もない自分を責めて、俺に負い目を感じるかもしれない」

「それは……」

「嫌なんだ。岸川とは、ずっと対等でいたかった。俺といることで笑えなくなるような、そんなことにはさせたくなかった。それくらいなら、薄情な友達だと忘れられた方がいい」

「………」

「どっちにしても、おまえを傷つけてしまった。岸川、ごめん。……ごめんな」

「安藤……」

「ごめん、岸川……ごめん……」

くり返される謝罪に、一切のためらいが消し飛んだ。

「安藤、頼む。頼むから、もう謝るな！」

「きし……かわ……」

慟哭《どうこく》する信久の身体を、夏樹は無我夢中で抱き締める。絶望的な孤独を抱え、姉への贖《しょく》罪《ざい》を胸に過ごしてきた八年間、自分は何一つ彼のためにしてやれなかった。そのことが悔しいし悲しくて仕方ない。確かに信久が言うように、もし打ち明けられていたら何を犠牲《ぎせい》にしてでもと激しく思い詰めたに決まっていた。

けれど、全ては遠い過去の話だ。

信久が捕らわれているままならば、自分が止まっているわけにはいかなかった。

「おまえは悪くない。おまえは、絶対に悪くない！」

「き……しかわ……」

「ごめんな、安藤。おまえが辛い時、側にいてやれなくて。おまえは幼い俺を救ってくれたのに、何もできなくてごめんな。おまえから連絡が途絶えた時、俺は怖かったんだ。嫌われたのかもしれない、他に夢中な相手ができたのかもしれない、そんな風に考えたら、真実を確かめることができなかった。だから、おまえに惹かれる気持ちごと封印して、よくある学生時代の感傷ってラベルを貼ってしまいこんだんだ」

「だ……って、それは俺が……」

腕の中で、潤んだ声が聞こえる。自分の想いが届くようにと、夏樹は祈りを込めて抱き締めた。鼓動の重なる音に、一つになって解けなくなるまで絡み合えと思った。

「あの時、俺が勇気を出して真実を見ようとしていたら、おまえを八年間も放っておかずに済んだんだ。だけど、安藤はそれを望んではいなかったんだよな。俺たちが、まだ何者でもなかったから。だったら、大人になってまた出会えたのは意味があると思わないか？」

「意味……？」

「そうだよ。もう一緒に生きてもいいって、そういう意味だよ」

「…………」

考えもしなかった、というように、濡れた黒目が瞬きをくり返す。

夏樹は愛おしげに信久を見つめ、覚悟を秘めて口を開いた。

「この気持ちは感傷じゃない。まして贖罪なんかじゃない。なぁ、安藤。俺、おまえに好きだって言ってもいいか？　友達じゃなくなっても、側にいていいか？」

「え……」

「この先、ずっと一緒にいたいんだ。だって、おまえは俺のところに帰ってきてくれたじゃないか。俺、待ってるって約束したよな。いつまでも、おまえを待ってるって」

「岸川……」

ぎゅっと、信久の指が夏樹のシャツを掴んだ。

そのまま顔を伏せたので表情はわからなかったが、「うん」と頷く声が聞こえた。

「安藤が好きだよ」

背中を愛おしく撫《な》でながら、夏樹は甘く柔らかく告白する。

「ずっと昔から大好きだ」

「……うん」

くぐもった音色が、あどけなく散った。

いつかと同じように信久のつむじを見下ろし、嬉しくなって夏樹はくり返した。

「大好きだよ。おまえは、昔も今も俺が一番欲しい相手だよ」

「……うん」

「あの空が見える場所、まだ見つけられないけど。でも、絶対に探し出すから」

「うん」

「それから……」

思いつく限り、いろんな約束を口にした。

そのたびに信久は「うん」と答え、けれども絶対に顔を上げようとはしなかった。時折鼻を啜《すす》る音がしたが、悲しい涙でなければそれでいいと思った。

「最後にさ」

さんざん話した後、夏樹の声がやや真剣味を帯びる。

「柿崎さんに会って、ちゃんと確かめよう」

「え……」

予想もしなかった提案に、ようやく信久が顔を上げた。思った通り、眼鏡の縁に雫《しずく》が溜まり、まるで俄か雨にでも降られたようだ。

「確かめるって……何を？」

「決まっているだろ。彼が何を思ってお姉さんと結婚し、二人の生活がどんなものだったのか、ちゃんと話してもらうんだ。安藤は自分の目と耳でそれを受け止めて、何が真実なのか答えを出せばいい。お姉さんが事故だったのかそうでないか、きっとわかるはずだ」

「で、でも……」

「大丈夫。一緒だって言っただろ。俺も付き合うよ」

勇気づけるように笑って、心配するなと背中を撫でる。

信久にとっては、向き合いたくない問題だろう。柿崎をあんなに敬遠しているのも、彼を通して姉を思い出すからだ。できれば、一生逃げていたいと思っているかもしれない。

けれど、それでは信久が心から笑える日は永遠にやってこない。どんなに夏樹が彼を好きでも、これぱかりは本人が乗り越えるしかないからだ。

自分を責めて生きていくなんて、そんな人生を信久に送ってほしくはなかった。

「もし、そこで納得のいく答えが見つかったら」

改めて肩を抱き寄せ、額《ひたい》を小さくぶつけて微笑みかける。

まだ不安の色濃く残る瞳を、夏樹は誓いの言葉で包み込んだ。

「次は、俺と空の見える場所を探しに行こう」

仕事納《おさ》めの日は、十二月一番の冷え込みとなった。

会社の大掃除を終えて早めに解散となった夏樹は、信久と落ち合って都心の外資系ホテルへ向かっている。年末年始を贅沢に過ごそう……というわけではなく、そこの最上階にある会員専用ラウンジで柿崎と約束をしていたからだ。

『信久くんは大事な弟だからね。時間なんか、どうにでも作るよ』

会いたいと連絡をもらったのがよほど嬉しかったのか、そう言って場所を指定してきたのは向こうだった。暮れの忙しい時期ではとても無理だろうと諦めていただけに、年内に憂い事を片付けられることに二人は感謝する。場合によっては暗い正月になるかもな、と信久が自虐的な笑顔で呟いたが、それでも決めたことだから後悔はしないと言った。

「あ、俺が同席すること、柿崎さん何も言ってなかったか？」

「ああ。むしろ、歓迎していたよ。岸川のこと、知っているような口ぶりだった」

「そういえば……」

デパートの前で揉めていた時、夏樹が名乗るなり彼の表情が変わったのを思い出す。けれど、何度考えても記憶に掠《かす》りもしなかったし、まるきり心当たりなどなかった。

「敵意は感じなかったから、悪い印象じゃないと思うんだけど……気になるよなぁ」

「そうだね。電話でも、岸川のことは気にかけてたよ。もし来ないなら、自分から誘おうかと思っていたって言っていたくらいだし」

「う〜ん、何なんだろう。リンカーンなんか乗ってる知り合い、絶対いないぞ」

直通のエレベーターに乗り込むと、四十階まではあっという間だった。本人に訊けばわかるだろうと、夏樹はそれ以上考えるのをやめる。今日の目的は別にあるし、非常にデリケートな問題だけに、緩んだ雰囲気は慎《つつし》もうと思った。

「うわ、凄いな」

先に下りた信久が、ニューイヤーの飾りつけを見て感嘆の声を上げる。ラウンジに直結しているフロアは、カウントダウンパーティに向けて華やかな空間になっていた。もちろん、セレブの集まる場所だから品位は保っているが、見ているだけで胸が弾《はず》んでくる。

「やあ、君たちよく来たね。信久くん、先日は本当にすまなかった」

「僕の方こそ失礼な態度を取りました。すみません」

陽気に出迎えに来た柿崎は、東京ではこのホテルに常宿しているらしい。実家と本社は仙台だが、ビジネスの拠点は関東なのでむしろこっちにいる方が多いと笑っていた。

「由梨にも、よく文句を言われたよ。結婚したのに、ちっとも家にいないって」

「ああ、奥様は仙台だったんですね」

「たまに、一緒に出てきたけれどね。もともとは、関東圏に住んでいた人だし」

「俺も同じ街出身です。安藤とも高校時代に地元で知り合って……」

「うん、知っているよ」

あんまりさらりと頷かれ、思わず「え」と絶句する。それまで会話を夏樹に任せていた信久が、意を決したようにおずおずと柿崎へ向き直った。

「柿崎さん、岸川のことをご存知なんですか?」

「いや、初対面だよ。正しくは、先日に続けて二度目になるけれどね」

「じゃあ、どうして……」

「それはね、由梨の手帳によく彼の名前が出てきたからなんだ」

「え……」

お待たせしました、と控《ひか》えめな声がかかり、三人分のコーヒーと小皿に盛られた色とりどりのショコラがテーブルに置かれる。ホテルスタッフが下がるのを待って、柿崎は悠々と慣れた仕草でコーヒーに口をつけた。

「——柿崎さん」

焦《じ》れた信久が、急《せ》かすように彼を見つめる。

「どういうことですか。何で、姉さんの手帳に岸川の名前が……」

「それは、君の方がよくわかっていると思うよ、信久くん」

「俺が……?」

「由梨は、君のことを常に心配していたからね。年が離れていたし、可愛くて仕方がなかったんだろう。私が彼女と出会った頃、信久くんはまだ小学校に上がったばかりだったから覚えていないだろうが、由梨の取り合いになって喧嘩《けんか》したこともあるんだよ」

「それは……ちょっと大人げないのでは……」

「大人じゃないさ。私は小学六年で、当時から由梨に夢中だったからね」

照れもせずに堂々と言い放つあたり、育ちの良さからくる天然の強さを感じた。彼は呆気《あっけ》に取られている夏樹と信久に、まるで旧知の友人を見るような目を向ける。

「話が逸《そ》れたね。つまり、由梨は信久くんに大事な友達ができたことを、とても喜んでいたんだ。ほら、いろいろあっただろう？　高二の秋で転校する君を不憫《ふびん》がっていたから、余計だったのかもしれないな。何かにつけて信久くんのことを書き留め、いつも励《はげ》ますように岸川くんの名前を書き添えていた。〝信くんが、私たちの住んでいた街へ行ってみたいと漏らしていた。きっと、岸川くんと会いたいんだろうな〟とか〝信くんのところに、岸川くんから宅配が届いたらしい。本を貸していたとかで、こんな感想を言ってきたと嬉しそうに話してくれた。岸川くんとは好みが違うけど、だからこそ面白い意見だって。よっぽど自慢の友達なんだなと、私も嬉しくなった。岸川くん、ありがとう〟──こんな具合にね」

「あの……」

「ん？」

「覚えてるんですか、書いてあったこと」

「そりゃあ、そうさ。何しろ、何百回何千回とくり返し読んだからね」

「…………」

うっとりするほど優しい微笑を浮かべ、柿崎は亡き妻を愛おしむように答えた。何年過ぎても再婚せず、山のような見合い話も片端から断わっていると聞いていたが、そんな話も納得できる溺愛《できあい》ぶりだ。恐らく、彼の心には瑞々《みずみず》しい妻がまだ生きているのだろう。

「その手帳にはね、ごく僅かだが私のことも書いてあるんだ。だから、申し訳ないが実物を渡すのは許してほしい。あれは彼女が唯一、私に遺《のこ》してくれたものだから。でも、気になるなら仙台の屋敷へ読みにおいで。君たちなら、書斎を出入り自由にしておくよ」

「柿崎さん……」

「その代わり、今夜はご馳走するよ。店を予約してあるから、後で移動しよう。三人いるなら中華がいいと思ったんだが、どうだろう。お勧めの海老料理が絶品なんだよ」

「あ、はぁ……」

「――信久くん」

不意に瞳を覗き込むようにして、柿崎が幸福そうに言った。

「これは私の独り言だけれどね、由梨は不幸ではなかったと信じているよ。彼女は結婚式の直前に、初恋を実らせたと喜ぶ私に言ってくれたんだ」

「何て……」

「〝それは私も同じよ、あなた〟って」

「…………」

「独り言だけれどね」

それは私も同じよ、あなた。

私も、あなたが初恋だったのよ――。

夏樹の耳にも聞こえてきそうなほど、その言葉は静かに胸へ染み込んでいく。

そうして。

長い憂いから解放された二人は、彼の惚気話を真夜中まで聞く羽目になったのだった。

覚悟はできている、と信久が神妙な顔で言った。

セミダブルとはいえ男二人には窮屈なベッドの上、向かい合わせに正座してかれこれ三十分は過ぎている。しかし、交わした会話はほんの二言、三言くらいだった。

「えっとさ、あの……」

そろそろ足が辛いなと思いながら、夏樹がやんわり空気を崩《くず》そうとする。

「俺としては、そんな深刻に構えなくてもいいかなーって。その、せっかくの大晦日《おおみそか》なんだしさ、紅白でも観ながら呑気に夜を過ごすのも……」

「岸川、俺のことが好きだって言っただろう。今更、何を尻込《しりご》みしているんだ」

「や、尻込みってわけじゃ……」

「やっぱり、いざとなれば男同士ってところがネックなんだな。大体、俺たち肉欲で惹かれ合ったわけじゃないからな。だったら、考え直して『親友』ってことにして、あくまでプラトニックに付き合っていこう」

「え……」

まさか嘘だろ。思わず出かかった言葉を飲み込み、信久の真意を確かめようとした。だが、眼鏡の奥で微笑む瞳には、開き直った色が浮かんでいる。その勢いのまま、彼はにっこりと早口で話をまとめにかかった。

「やがては、俺や岸川にも妻にしたい女性が現れる。そうしたら、お互いの家族ぐるみで付き合えばいいんだし。よし、そういうことなら俺も諦める。岸川とは健全な仲を貫き、穏やかに年を取っていこう。そういうことで、今後ともよろしく」

「あ、諦めるなって！」

今更、友達になんて戻れるわけがない。焦って声を張り上げると、打って変わって冷ややかな目つきで睨まれた。

「だったら、どうして渋るんだ。岸川の気持ちが、俺にはよくわからない」

「好きだよ！　そっちはどうか知らないけど、俺はちゃんと欲望もあるよ！　安藤を見ていると、突然触れたくなったりキスしたくなったり、そんなの高校の時から思ってたよ！」

「え……」

「けど、さあやろう、みたいに挑まれても試合じゃないんだからさ。第一、役割とかどうするんだよ。安藤、男と経験あるのか？」

「……いや……」

ふるふると頭を振り、信久はあっさりと白状する。

「ちなみに、女性ともまだだ。今まで、それどころじゃなかったし」

「マジ……？」

「あ、岸川は答えなくていいぞ。おまえ、下手《へた》したら高校時代にすでに……って可能性もあるからな。そんなの聞いても、現在の俺たちに影響があるわけじゃなし」

「まぁ、そりゃ……お心遣いどうも」

さばけた物言いに感謝を述べたが、内心夏樹はおかしくて仕方がなかった。信久が本当に理屈で割り切れる奴なら、ちょっと女の子と一緒にいるくらいでカノジョだと思い込み、勝手に自己完結してしまう面倒臭い性格にはならないと知っているからだ。

しかし、今は喧嘩は厳禁だ。こういう男だから覚悟を決めれば展開は早いが、一度へそを曲げると次の機会は数年後、なんて悲劇も起こりうる。

「とりあえず、役割は決まったな」

「え?」

「え、じゃないよ、安藤。俺も男同士は初めてだけど、少なくとも経験者だからな。リードするのは俺で決まり。異存は認めない。俺が安藤を抱くから」

「ちょ、ちょっと待て……」

「待たない」

雰囲気が盛り上がったら自然に、なんて思っていたが、赤くなって狼狽する信久を見たら夏樹の回路にも火がついた。身を引いて逃げようとする信久の手を摑み、そのまま強く抱き寄せる。腕の中に収まる身体は、子どものように熱かった。

「……何だ、安藤。おまえ、平然と迫ってきたくせにけっこうドキドキしていたんだ」

「う……うるさいぞ」

「ヤバい、俺にも移った。熱いしドキドキするし、これからどうしよう」

半分笑って呟くと、知るもんかと毒づかれる。だが、彼はもぞもぞ動いたかと思うと、かけていた眼鏡をぎこちなく外して夏樹を見た。

「邪魔になるから、あっちへ置いてくれ」

「あ、うん」

「まったく……いろいろ面倒だな。相手が岸川でなかったら、何が楽しいのかわからない」

「…………」

「でも、まぁ……俺も嬉しいよ。これで、やっとおまえを独占できるんだし」

くそっ、と反射的に声を出しそうになる。こんなことを言われてその気にならない奴がいたら、そいつはきっと人間じゃない。久々に見る素顔の信久に、みるみる夏樹の情熱は温度を上げていった。そっと屈《かが》んで唇を吸うと、びくりと反応するのがたまらない。掠《かす》める程度のキスとは違い、互いの息を絡めた深い口づけを何度もくり返した。

「ん……く……」

柔らかな唇が唾液に濡れ、溢れる吐息が淫靡《いんび》な音を刻む。

浅く啄《ついば》み、深く吸い上げて、彼の呼吸が乱れるまで執拗に舐《な》め回した。

「岸川……苦しい……」

やがて信久が音《ね》を上げて、掠れる声で許しを乞《こ》うてくる。

頬《ほお》が火照《ほて》り、乱れる服から覗く肌は上気して桃色に色づいていた。その身体をゆっくりと押し倒し、夏樹は慎重に指を這《は》わせていく。丁寧に服を剝《は》ぎ取り、床へ落とすたびに、信久の微熱も上がっていくようだった。

「う……ん……」

裸の胸を重ね合わせ、口づけながら愛撫《あいぶ》を進めていく。

声を押し殺す仕草が艶《なま》めかしく、もっと乱れさせたくて夏樹は大胆になった。脈打つ欲望の楔《くさび》を優しく苛《いじ》めてやると、蜜《みつ》のような甘さで声が蕩《とろ》ける。その音色が耳を楽しませ、自分の下で身悶《みもだ》える姿態が目を満足させた。

「こんな風に……なるなら……」

「ん？」

「も……好きにしてくれ……」

涙を目の端に浮かべながら、快感に犯された身体を自ら開いていく。信久の素直な反応が愛おしくて、夏樹は懸命に己を抑えねばならなかった。何しろお互い男は初めてだし、特に抱かれる信久に大きな負担はかけたくない。

「いい……から……」

喘《あえ》ぐ息の下、こちらの迷いを察したのか背中に手が回ってきた。

「いいから……きしかわ……」

潤んだ声でせがまれて、最後の理性が蕩けていく。

夏樹はきつく彼を抱き締め返し、熱い耳たぶを噛みながら欲望を高めていった。淫《みだ》らな指で屹立《きつりつ》を限界まで煽《あお》り、巧《たく》みな舌であちこちに快感の波をたてる。そうして幾度も溺《おぼ》れそうになる信久を、空が白むまでじっくりと愛し続けたのだった——。

松の内も取れた頃、夏樹は信久の引っ越し祝いをしていた。

とはいえ新居は自分の部屋でもあるので、互いに祝い合っている、の方が正しいだろう。

「しかし、探せばあるもんだよなぁ。２ＬＤＫで駅近の十万代」

「岸川の友達が、不動産屋に勤めていて助かったよ。お蔭で、家賃の値引き交渉もしてもらえた。来年、もし合格できたとしても学生に逆戻りだし、柿崎さんの厚意にはあまり甘えたくないしな。貯金とバイトで賄わなきゃいけない身としては本当に……」

「感謝なら、俺にもしろよな。二人暮らしで家賃半分、提案したのは俺なんだから」

無駄に張り合う夏樹に苦笑を漏らし、信久は「そうだな」とにこやかに笑う。それから、機嫌を取るように軽く唇を合わせると、頭からすっぽり布団《ふとん》を被《かぶ》ってしまった。

「不思議だな。あれからずっと心が凪《な》いだままなんだ」

「お姉さんのことか？」

「ああ。柿崎さんの話を聞いていたら、ごく自然に納得できた。姉の死は不幸な事故だったんだ、そう信じられる日がくるなんて思いもしなかった。もちろん、それで喪《うしな》った悲しみが癒《い》えるわけじゃないけど、これからは彼と姉の思い出を語り合うこともできる」

「……そっか」

布団の上からポンポンと叩き、夏樹も新しい生活に向けて希望を膨《ふく》らませる。今月から、いよいよ企画開発部の『雲バサミ』プロジェクトが始動するのだ。商品化を目指して試行錯誤の日々が続くだろうが、目標があるから頑張れると思った。

いつか、記憶から懐かしい光景を蘇らせ、作品として生み出せるように。

自分の開発した商品が、誰かの大切な空になることを夢見ながら。

「やれやれ。明日も仕事だって言うのに、俺たちずっとベッドから出てないな」

「岸川が悪い。休みになると、何かにつけて俺を引っ張り込む」

「だって、この羽根布団最高だろ？　ちゃんと同居記念で買ったんだぜ？」

「そうだな、確かに最高だよ」

くすり、と意味深に微笑んで、もそりと信久が再び顔を出す。

「肌触りが凄くいい。特に素肌で包まっていると、芯《しん》から休まるし」

「……おまえな」

裸眼の彼にボサボサ頭で挑発めいた口を利かれ、夏樹は憮然と睨み返した。だが、全ての輪郭がぼやけているせいか、眼鏡を外した信久はやたら強気なのだ。恐らく鮮明に見えたら羞恥心《しゅうちしん》が邪魔するのだろうが、裸眼でいる限り恋人は無敵だった。

むきだしの素肌を重ね合わせ、二人は笑って愛し合う。

ベッドの軋《きし》みに信久の声が絡み、夏樹の愛撫にシーツがうねる。そうして、何度も一緒に駆け上る。

思い出の空が見える場所へ。

繋がった手が、二度と離れないところへ。

「愛している」

どちらからともなく零れた告白は、綺麗な音色となって想いを届けるだろう。

――あの空が眠る頃へ。

メロンパンもぐ

手の中の携帯電話を睨《にら》みつけたまま、岸川夏樹《きしかわなつき》は何度目かの溜《た》め息をついた。

「さすがに、もうバリエーションが尽きてきた……」

思わず漏《も》れた呟《つぶや》きに、同じ部署の後輩女子が興味を惹《ひ》かれたようにこちらを見る。あえて気づかない振りをしていたが、日頃から割と仲の良い相手だったせいか、彼女は含み笑いをしながらデスクに近づいてきた。

「きーしかわさんっ。カノジョへのメールですかぁ？」

「個人情報です」

「そんな今更なこと言って。先月から同居を始めたって、めっちゃニヤけてたじゃないですか。あの顔、どう見ても同居じゃなくて同棲でしたよ。まぁ、タイミングが悪かったって言えばそうですけど……いや、逆に同じ屋根の下で良かったじゃないですか！」

「はは……」

彼女なりに励《はげ》まそうとしてくれているらしいが、夏樹の気分は浮上しない。ご指摘の通り同居人は恋人だから『同棲』に変えるのは構わないのだが、現状を鑑《かんが》みればとても「同じ屋根の下で暮らしている」とは言えなかった。

何故なら——そこで、またもや溜め息が出る。

もう二週間ほど、まともに顔も見ていないからだ。

「仕方ないですって。営業と開発、掛け持ちでやってるんですもん。通常業務が終わってから、開発部に移動して連日会議でしょ？　皆も感心してますよ、頑張《がんば》るなあって」

「そりゃ、頑張るしかないだろ。自分の企画した商品が、実現化するかどうかって時なんだから。部長からも、忙しくなるってことはさんざん言われてたしな。けど……」

「まぁまぁ。プロジェクトが一段落するまでの辛抱ですよ。実作業に入っちゃえば、後は技術部の管轄ですから。今が忙しさのピークですって」

「……そ、だな」

弱々しく微笑《ほほえ》んで、ありがとうと付け加える。彼女は満足して去って行ったが、正直なところそんな理屈だけでは納得できないところまで来ていた。

「何て書こうかなぁ……」

メールのあて先は、恋人であり同居人でもある安藤信久《あんどうのぶひさ》だ。今頃は勤め先の学習塾で、本番が迫《せま》った小学生に受験必勝テクなどを教えている時間だろう。彼自身も今年は受験生になるので、春になればシフトを減らして予備校へ通う予定になっている。とは言え、彼が現役の学生だったのは数年前のことなので、ブランクを取り戻すには相当な努力が必要だった。

何しろ、目指しているのは国立大の医学部だ。

信久が受験勉強に本腰を入れ始めたら、甘い雰囲気に浸《ひた》る余裕などなくなる。要するに、自分たちが恋人気分を満喫できるのは今だけなのだ。それなのに、夏樹の仕事は多忙を極めておりとても二人で過ごす時間を捻出できる状態ではなかった。

「会社に泊まるか、帰れても三時四時が当たり前だもんな……」

信久にも仕事があるので、起きて待っているわけにはいかない。もちろん、夏樹だってそんなことを求めてはいなかった。そもそも、大晦日《おおみそか》から正月休みにかけてイチャイチャしたきり、セックスだってしていないのだ。同居開始二ヶ月でセックスレスになるなんて、さすがに予想していなかった。

「とにかく、何かメールしないと。ええと……」

毎日「帰れない」か「遅くなる」の二択しかないので、文面はなるべく素っ気《そけ》なくならないように考えている。だが、そろそろネタが苦しくなってきた。仕事しかしていないので報告するようなことはあまりないし、初めの頃は嬉《うれ》しくて『雲バサミ』の話題もしょっちゅう出していたが、一足飛びに開発が進むわけもなかった。

これは、もしかしなくても早々にカップルの危機かもしれない。

嫌な予感に振り回され、眉間《みけん》から皺《しわ》の取れない夏樹だった。

「……ふう」

帰り支度を途中で止めたまま、信久は取り出した携帯電話を眺《なが》めている。

送信者に『岸川夏樹』の名前を見た時から内容は想像がついたが、やはり同居人は今日も帰って来られないらしい。授業の後、生徒からの質問に答えていてメールがチェックできなかったので、受信してから二時間が経過していた。変に間が空いてしまったため、どんな返事を出そうか考えてしまう。毎回同じやり取りをしているので、判で捺《お》したような文章しか浮かばないのも悩みの種だった。

「メールは便利だけど、下手《へた》すると冷たい感じになるからな……」

向こうは連日激務に耐えているのだし、できれば元気が出るような言葉をかけてやりたい。だが、「頑張れ」も「身体《からだ》に気をつけて」も最初の一文字で予測変換が出るほど打ったし、回数を重ねるとお義理にしか見えなくなってくる。

「でも、絵文字とか問題外だし。……まいったな」

生真面目《きまじめ》な信久が絵文字入りで返信したら、逆に怯《おび》えさせるだけだろう。せめて電話で話ができればいいが、仕事の邪魔になったら申し訳がない。

それでなくても、自分は春から恋愛どころではなくなるのだ。

来月からの生活を思うと、生来が思い詰めるタイプの信久には嫌な予感しかなかった。

「お疲れ、安藤。どうしたんだ、暗い顔して」

「あ、仲村《なかむら》先輩。お疲れ様です」

教員室に戻ってきた先輩講師の仲村は、信久をこの学習塾へ誘ってくれた人物だ。そのせいか何かと気にかけてくれるのだが、まさか同居を始めた相手が同性の恋人だとは言えないし、どこまで相談していいものかわからなかった。

「何だ何だ、恋愛の悩みか？　妻帯者の俺《おれ》でよければ、プロポーズのタイミングから正しい婚約指輪の選び方まで何でもレクチャーしてやるぞ」

「人の顔を見るなり、三歩くらい踏み込んでこないでくださいよ。大体、誰かに求婚する予定なんかありませんから」

「そうか？　俺はてっきり、その前段階としての同棲かと思っていたが」

「え……俺、友人との同居だって説明しましたよね」

内心ドキリとしながら問い返すと、隣の机に教材を置いて仲村は意味深に笑《え》んだ。

「安藤の性格から、他人と同居は難しいと思ってさ。おまえ、変に気を回しすぎるところがあるから他人といると疲れるだろ。それでも一緒にいたいなら、よっぽど居心地《いごこち》がいい相手なんだと推測したわけだ。恋愛脳の俺から言わせれば、そんなのは恋人くらいだ」

「はぁ……」

「でも、浮かない顔つきから見ると上手《うま》くいってないようだな？」

「そう……なるんでしょうか……」

改まって問われると、非常に難しい問題だ。

夏樹との仲は、凄《すご》くいい。絶好調と言っても差し支えない。互いの気持ちが友情から恋情に変わったことも、ごく自然な流れで受け入れられた。身体の相性は——こればかりは、信久の方が圧倒的に経験不足なので何とも言えないが、多分悪くない、と思う。

そうなると、やはり問題は……——。

「物理的な側面が少々……」

「は？　同じ部屋で暮らしていて？」

「なまじ一緒に住んでいるから、気になるのかもしれません。別々に離れていた時は、それが当たり前だったから考え込まなくて良かったし」

「成程なぁ……」

「向こうも気を遣《つか》っているのがわかるから、余計に気まずいんですよね。忙しい時は仕方がないのに、その理屈がすんなり通らないっていうか……」

「ま、当たり前だよな。恋人と一緒に暮らすってのは、単なる同居人とは意味合いが違う。自分の家賃さえ出していれば、後はお構いなしってわけにはいかないさ。相手に対する欲求も強くなるし、執着だって出てくるだろ。そういうのは、理屈じゃ解決しない」

理数系を教えているだけあって、実に明瞭な回答が返ってきた。冷静な意見に感心し、信久は「理屈じゃない……か」と口の中で反芻《はんすう》する。しかし、納得がいくだけに厄介《やっかい》だとも思っていた。つまり、この状況が続く限り自分たちは「まずい」ということだ。今はまだメールの文面に悩むくらいだが、いずれ精神状態に良くない影響が出てくるに決まっている。現に、信久は明らかに溜め息の回数が増えていた。

「岸川は、どう思っているんだろう……」

「ん？　同棲相手か？　おまえ、一緒に暮らしていてまだ苗字《みょうじ》呼びしてんのか？」

「いけませんか？」

「そりゃあダメだよ、色気がない。苗字は相手の家族も含むが、下の名前は個人を意味しているんだぞ。安藤にとって唯一の相手なら、ちゃんと唯一の名前で呼んでやれよ」

「…………」

そういうものなのか、とまさに目から鱗《うろこ》だった。もとより色気など自分にあるとは思わないが、夏樹が唯一無二の相手なのは真実だ。そういう存在に相応《ふさわ》しい呼び方というものが、確かにあるのかもしれない。

「名前で呼ぶ……それは良いかもしれません」

「かも、じゃなくて、いいんだよ。安藤だって、好きな奴から下の名前で呼ばれたら悪い気しないだろ。親密度だって、ぐっと上がる気がしないか？」

「はい、します」

素直に頷《うなず》くと、一瞬仲村が奇妙な顔をした。

やがてふるふると肩が震《ふる》え、その口許《くちもと》からくっくと笑い声が漏れてくる。何かおかしいことを言ったかな、と困惑したが、しばらく彼は楽しそうに笑い続けていた。

「あの……先輩……？」

「いや、悪い。気にすんな。ちょっと、安藤の相手が羨《うらや》ましいなって思っただけだから」

「はい？」

「そんなに一生懸命想われて、ほんと幸せな子だと思うよ。おまえら結婚したら、きっと可愛《かわい》い家庭を作るんだろうな。式が決まったら、必ず俺のこと呼べよ？」

「は……はぁ」

結婚は無理です、とも言えないので、信久も曖昧《あいまい》に笑ってごまかす。いつかは話す日が来るだろうが、それまで夏樹の手を離さずにいたいと心から思った。

そのためにも、目の前の問題から逃げてはいられない。

何だか早く家に帰りたくなった、と言って、仲村がそそくさと出て行った。信久は再び携帯電話を取り出すと、意を決してメールの画面を開く。そうして味気ない文字だけでも気持ちが届くことを信じて、短い文章を打ち始めた。

空に様々な名前があるように、雲にもたくさんの呼び名がついている。『雲バサミ』の目的は雲を切るだけではなく、それらの名前を自然に覚えることにもあった。

「でもさ、誰でも子どもの頃って雲に勝手な名前をつけてたよな」

「そうそう。食いもんだとかアニメのキャラだとか、ちょっと形が似ているとすごい発見をしたみたいで嬉しかったですよ」

「今は動画サイトなんかで、珍しい雲もいろいろ観られるよね」

商品コンセプトを煮詰める会議中、皆の意見を聞きながら夏樹は懐《なつ》かしさを覚える。屋上遊園地で、信久と雲に名前を付け合ったこと。それが元となって、今回の企画書を書くことができたのだ。それが現実に商品化されるなんて、思い出が時空を超えて飛び出してきたようでわくわくする。

「岸川くんは、どんな名前つけてた？」

「俺ですか？」

不意に話を振られ、夏樹は咄嗟《とっさ》に「メロンパンですかね」と答えた。聞くなりチームの全員が爆笑し、傑作だと褒《ほ》めちぎられる。

「メロンパンは盲点だったわー。言われてみれば、網の部分とかあるあるって思う」

「やっぱり、子どもは食べものだよね」

「でも、俺〝くも〟って言えなくて」

「え……？」

何のことかと、再び注目が集まった。オチはないんだけどな……などと思いながら、自ら振ったネタなので仕方なく先を続ける。

「いえ、名前をつけたら何々雲、とかって呼ぶじゃないですか。けど、五歳の俺には〝メロンパン雲〟って複雑で口が回らなくて、どうしても〝もぐ〟になっちゃうんですよ」

「〝もぐ〟……」

「それはそれで、食い意地が張ってたかなって恥《は》ずかしいんですけど」

「…………」

雑談で盛り上がっていた室内が、いきなりシーンと静まり返った。笑えるほどの話じゃないにしろ、こんなに極端に白けなくても、と夏樹はたちまち居たたまれなくなる。しかし、僅かな沈黙の後で耳に入ってきたのは意外な一言だった。

「それ、使えるかも」

プロジェクトメンバーの中でも、一番企画に乗り気だった男性社員が呟《つぶや》くと、すぐさま彼の隣に座る女性が「ありですよね」と賛同する。

「誰でも聞いたら〝ああ〟って思いそうなエピソードだし、実際そういう言い間違いは子どもに多いもの。商品が凄く身近になるんじゃないかな」

「単純に〝もぐ〟だけじゃ何のことかわかんないから、商品名っていうより他に……」

「あ、じゃあこういうのはどうでしょうか」

高揚を帯《お》びたやり取りに触発され、夏樹は思いついたアイディアを口にした。

「『雲バサミ』と関連づけて、短いお話に織《お》り込むとか。で、絵本とのセット販売とか」

「それ、いいかもね。『雲バサミ』から生まれたキャラクターにして、〝もぐ〟ってメロンパン雲を登場させるとかさ。『雲バサミ』の楽しさに、いろんな雲の形が簡単に切れますっていう実用面の他、ファンタジーの側面も打ち出せるし」

「じゃあ、作家とイラストレーターを押さえないと」

「予算、大丈夫ですかね。あとスケジュールの問題が……」

次々と新しい意見が加わり、議論にどんどん活気が溢《あふ》れ出す。今まで創りだす側で仕事をしたことがなかった分、夏樹には全てが新鮮な体験だった。束の間、積み重なった疲労を感じなくなり、信久への罪悪感も遠くなる。夢中で話し合っている内に、気がつけば終電間際になっていた。

「あれ、岸川くんは帰らないの？」

食事に出たり帰宅したりで半分ほどがいなくなった後、私服に着替えた女性社員が声をかけてくる。彼女には二人の子どもがいるので、どんなに遅くなっても翌日の朝ご飯とお弁当のために帰らなくてはならないのだ。

「確か、引っ越して誰かと住み始めたんじゃなかったっけ？」

「そうなんですけど……」

ずいぶん話が広まってるなぁ、と苦笑いしながら、パソコンの画面から顔を上げる。先ほど出た意見を、忘れない内にまとめておきたくなったのだ。どのみち、今日も帰れないと思う、と信久にはメールを出しておいた。さんざん悩んでおきながら、変わり映えのしない文章にしかならなかったのが情けない。

「いいんです。無理に帰っても、仕事が気になって落ち着かないし」

「あ、そういうのわかる。特に没頭してると、そうなるよね」

「淋《さび》しくさせてると思うと、ちょっと申し訳ないんですが……」

会議に熱中するあまり、他のことが頭から飛んでいた。悪いと言いながらそのことを思い出し、夏樹は〈調子がいいよな〉と自省する。仕事で頭が一杯でも『悪』だとは思わないが、誰かに嫌な気分を味わわせているのなら開き直るべきではない。

「今は、何を言っても言い訳でしかないわよね。そこは、もう信頼関係で乗り切るしかないと思うわ。だって、淋しいとかは理屈じゃないもの」

「そうですね……」

「離婚しちゃった人間が言っても、あんまり説得力ないけどね」

自虐的なセリフを吐いて、彼女は明るく笑った。その背中を「お疲れ様でした」と丁寧《ていねい》に見送り、夏樹は椅子の背もたれで大きく伸びをする。

嫌な気分、やっぱり味わわせてるのかな。

ふと、自分の言った言葉に不安が首をもたげ始めた。

信久からの返信は大抵短い労《いた》わりと、了解した旨《むね》が書いてあるだけの簡素なものだ。彼の性格を思えば不思議ではないし、深く気に留めなかったが、もっとちゃんと考えるべきだったかもしれない。帰れない後ろめたさばかり気にしていたが、自分は真剣に信久の気持ちを思いやっていただろうか。

「そういや、今日は返信来てなかったな」

授業が終わる頃を見計らってメールしたので、通常なら五分もしないで返信が来るはずだ。だが、今日に限って何も送られてこなかった。そのまま会議に突入して今に至るので、これは意図的に返事がないと思った方がいい。

「え、いや、待て待て待て」

急に焦りが募《つの》ってきて、慌てて携帯電話を取り出した。日付は変わってしまったが、まだ寝ていなければ話ができる。急いで電話をかけようとして、メールが一件受信されていることに気がついた。

「安藤……！」

発信元の名前に心の底からホッとした直後、いや安心するのは早いと己《おのれ》を戒《いまし》める。どんな内容が書かれているのか、確かめるまでは喜べなかった。

こんなにすれ違いが続くなら、一緒に暮らした意味がない。

わざわざ自分から好んで、嫌な思いをしているようなものだ。

間もなく受験勉強も始まるのに、余計なことで苛々したくない。

パッと思い浮かんだだけでも、これだけの苦情が想像できる。その全てに、夏樹は反論できなかった。信久は浅慮な人間ではないが、悩み出すと悪い方向へ物を考える癖《くせ》がある。そのことは充分知っていたはずなのに、両想いに浮かれてフォローを失念していた。

「でも、俺は……」

他に誰もいなくなった部屋で、夏樹は切なく瞳《ひとみ》を歪《ゆが》める。

今日、〝もぐ〟の話が採用になったんだよ。

二人で眺《なが》めたメロンパン雲が、たくさんの子どもたちを喜ばせるかもしれないんだ。

そんな話をしたら、信久はどんな顔をするだろう。眼鏡の奥で照れ臭そうに笑う目は、どれだけきらきらして見えるだろう。他の誰でもない、彼だけに伝えたい話はまだまだ尽きることがなかった。多分、一生をかけたって終わらない。

「………」

勇気を出して、メールを開いてみた。まず、彼の考えを知らなくては。

祈るような思いで視線を落とした夏樹は、その一分後、部屋から駆《か》け出していた。

「……おかえり」

鍵を開けて入ってきた夏樹を見るなり、リビングにいた信久が目を丸くした。風呂上がりなのか頬《ほお》が上気していて、久しぶりに目にする姿としては非常に艶《なま》めかしい。無言で近づくなり抱き締《し》めると、清潔な香りが鼻孔をくすぐった。

「チャイム、鳴らせば良かったのに……」

「寝てたら悪いと思って」

「起きてるよ、この時間なら。俺の受け持ちは小学生だから、午前中から授業はしない」

「そっか……そうだよな」

突然帰宅したにも拘《かかわ》らず、信久は昨日の続きのように話をする。決して無理をしているわけではなく、彼はそういう人間なのだ。どうして一瞬でも見失ったのだろうと、夏樹は胸が締め付けられた。

想いは変わらないつもりでも、現実の信久を見つめなくては意味がない。もう離れていた頃の自分たちではなく、二人で並んで生きているのだから。

「なぁ、俺、時間がないんだ」

「え？」

「一、二時間したら会社へ戻る。だからさ……」

肩越しに耳元へ唇を寄せ、小さく続きを囁《ささや》くと、信久はたちまち首筋まで赤くなった。嬉《うれ》しくなった夏樹は尚も腕に力を込め、愛《いと》しい鼓動に耳を傾ける。背中に信久の両腕が回り、彼はおずおずと顔を上げてこちらを見た。

「メール、読んだのか？」

「うん」

「そうか」

夏樹が頷《うなず》くと、ようやく表情から緊張が抜ける。そのまま互いの唇が近づき、深く熱く重ねられた。柔らかな感触にうっとりし、隙間《すきま》から触れ合う舌に胸が高鳴り出す。記憶にあるより鮮《あざ》やかな快感は、夏樹を煽《あお》るには充分すぎる誘惑だった。

「あ……」

床に押し倒し、鎖骨《さこつ》に口づけると、信久が小さく声を漏らす。少し戸惑っているのは、このまま抱かれるのかという予感からだろう。けれど、ベッドまでなんてとても待っていられなかった。存分に肌を味わい、快楽に震えさせながら、彼の全てを犯したい。

夏樹は手早く服を脱ぐと、信久の部屋着に指をかけた。

「あ……あ……」

感じる場所を舐《な》められるたびに、零《こぼ》れる声に甘《あま》さが滲《にじ》んでいく。蕩《とろ》けそうな表情で夏樹を見つめ、信久は火照《ほて》った身体を擦《こす》りつけてきた。せがむ彼を焦《じ》らすように、夏樹はわざと手を止める。

「――呼んで、俺の名前。今の顔で呼ばれたい」

「は……ぁ……」

屹立《きつりつ》する彼の分身を、再び右手で愛撫《あいぶ》しながら夏樹はくり返す。

「呼んで……信久……」

「あっ……あ、あぁ……っ」

びくびく、と全身を強張《こわば》らせ、しとどに溢れる蜜《みつ》が指を濡らした。敏感になったその場所は、夏樹の手の中で健気な生き物のように脈打っている。強い快感にきつく目を閉じて、信久は苦しそうに息を吐いた。

それから。

「なつ……き……」

「…………」

「夏樹……」

うっすら開かれた瞳は、夏樹以外見えていないようだ。

甘く音にされた自分の名前に、心臓が破裂しそうなほど痛くなった。

「夏樹、好きだよ……」

「信久……」

夏樹がそっと彼を呼ぶと、嬉しそうに微笑み返してくる。こんな単純なことで、自分たちは簡単に幸せになれるのだ。返信の最後に「夏樹が好きだ」と書かれてあっただけで、夜中にタクシーを飛ばしてしまうほどに。

「そう……だったのか……」

「文字で読んだだけで理性が飛びかけたんだから、やっぱり信久の声で聞きたいだろ」

「電話……すれ……ば……」

「言ったじゃないか、今の顔で聞きたいって」

「ふぁ……ッ……」

悪戯《いたずら》に胸を啄《ついば》むと、それだけでまた情熱が蘇《よみがえ》る。相変わらず素直な信久の反応が、夏樹には愛おしくてたまらなかった。何度となく抱き合うことで、身体が馴染《なじ》んでいくのがよくわかる。一つに溶ける感覚、絡み合う刺激。そんなもの、信久と愛し合うまで知らなかった。

「愛してる、信久……」

彼の中へ自身を埋め込みながら、抱かれているのはこちらではないかと夏樹は思う。欲望も愛情も受け止めて、包み込まれる心地好さを教えてもらったからだ。

「うん……俺も夏樹を愛している」

湿《しめ》った肌に負けないくらい、潤《うる》んだ声音《こわね》で信久が答えた。優しい微熱に彩《いろど》られ、互いの名前が吐息へと変化する。絶頂を迎えるその瞬間まで、それは宝物のように響き続けた。

一番広いスペースに最後の雲を置くと、夏樹は「……よし」と満足げに頷いた。間に合うかどうか危ぶんでいたが、どうやら大丈夫になりそうだ。出来上がったばかりの絵本を繁々《しげしげ》と見つめながら、悪くないんじゃないかと自画自賛した。

幾度も試行錯誤を重ねて、春が終わる頃にやっと『雲バサミ』の試作品が完成した。

当初の予定だった単体ではなく、まずは話題作りを兼ねて絵本とのセット売りをしてみようとなったのだが、内容は青空や曇り空、雨天や夕暮れ、明け方など、様々な空が描かれた中で話が進行していく趣向になっている。子どもたちは『雲バサミ』を使っていろいろな形の雲を切り抜き、描かれた空を自由に飾っていくのだ。何度も貼《は》ったり剝《は》がせたりできる糊《のり》も、便乗でお勧めされていた。

その試作品第一号が、夏樹の手元にある。

メロンパン雲の〝もぐ〟が冒険するこの物語を、誰よりも早く信久に見せたかった。

『あっちが怪獣雲でー、その隣の小さいのは火の玉雲』

『じゃあ、あのひらべったいやつは？』

『あれは食パン雲。後ろのむくむくしたやつは、メロンパン雲』

『めろんぱん、いいなあ。ぼく、めろんぱんもぐがいい』

『もぐじゃないよ、くーも！』

『めろんぱんもぐ、たべたいなあ』

つたない会話が未来へ続くなんて、あの頃《ころ》は考えもしなかった。けれど、どんな過去でも先へ繋《つな》げる方法はあるのだと、信久との再会からずっと夏樹は信じている。確かに彼には不安な心を慰めてもらったが、もしも特別な出会いではなく、ただ通りすがりに会話しただけの相手だったとしても、それを『特別』にするかどうかは自分次第なのだ。

「もうすぐ、信久も帰ってくるし。飯の支度は万端だし」

ふふん、と勝ち誇った気分になり、夏樹は食卓を見回した。

今日は信久が予備校の全国模試で優秀な成績だったと報告してきた日であり、美秋《みあき》の胎内《たいない》に新しい生命が宿っていると自慢された日でもある。試作品が社内で好評だと聞き、正式に営業から企画開発部へ異動が決定した日。久しぶりに休みが取れ、次の週末には信久と一緒に仙台の柿崎《かきざき》の屋敷へ遊びに行くことが決まった日。

けれど、何よりも大切なのは信久との約束が叶《かな》えられたことだった。

「ずいぶん時間がかかったけど……でも、やっと見つけたよ」

鮮やかな晴天を背景に、バラバラの形をした雲が浮かんでいる。

夏樹は絵本に描かれた空を懐かしそうに眺め、信久は何て言うだろうと考えた。

『もう、ここは無くなってしまうけど。でも、必ずどこかに見つけてみせる。そこで、俺は安藤を待ってるよ。ずっと、おまえを待ってるよ』

屋上遊園地で交わした約束が、絵本から溢れて室内へ広がっていく。

夏樹は思いきり両手を伸ばして、あの空を力一杯抱き締める。

ただいま、と声がして、恋人の足音が近づいてきた。

Monologue

ほっとけって言われた。

どの口でそんなことを……と腹が立ったが、考えてみれば無理もない。だって、あいつは完璧に忘れているんだ。俺《おれ》の顔も、屋上遊園地で話したことも。もし微《かす》かな面影《おもかげ》でも覚えていたら、もう少し違う態度を取るはずだ。だから、こっちが傷つく必要はない。

閉館の決まったデパートの屋上から、俺はエレベーターを使わずに階段で一階まで駆《か》け下りた。その方が、あまり人と会わずに済むからだ。以前まではどのフロアも閑散としていたが、ラストセールの在庫処分を始めたせいで連日そこそこの客が詰め掛けている。

避けたいのは、客ではなく店員だった。

(全部の人が知ってるわけじゃないけど、昔から勤めている人も多いからな)

このデパートは、父親の持ち物だ。「だった」と言った方が正しいかもしれない。

俺の家は地元では名家と呼ばれていて、父親が祖父から譲り受けた土地に財産のほとんどを注《つ》ぎこんで建てたのだ。老舗《しにせ》と言われているが、どこがだと思う。創業して三十年にも満たない小さな百貨店。ただ、祖父の代まではずっと呉服や草履を扱っており、そっちの商売では百年たっていたので宣伝に使ったんだろう。

子どもの頃は、ここが自慢だった。母親にせがんで連れてきてもらっては、社長室にいる父親を訪ねるのが楽しみだった。幼い目に父の姿は大層立派に映って、世界で一番偉い人だと思っていた。皆が「坊ちゃん」と呼んでくれるのが、照れ臭いけど嬉《うれ》しかった。

「は……」

階段から裏の出入り口へ回り、何とか見咎《とが》められずに外へ出る。もう夕暮れだ。六時を知らせるチャイムが、のんびりと耳に流れ込んできた。

「……気分悪い」

急いだせいでずれた眼鏡《めがね》を直し、みるみる濃さを増す葡萄《ぶどう》色に毒づく。もしかしたら、と淡い期待を抱いていた頃《ころ》には会えなくて、人生で一番落ち込んでいる時に現れるなんて皮肉なものだった。俺は今、誰にも会いたくないし、話したくない。明るく軽薄そうな人間も、大事な場所で女の子とベタベタしようなんて思う奴も大嫌いだ。

「気分悪い……」

黙っているとろくなことを考えないので、もう一度口に出してみた。でも、あまり効果はなかったようだ。それどころか、自己嫌悪の塊が喉元までせり上がってきた。

——わかってる。これは八つ当たりだ。

あいつは少しも悪くない。自分勝手な俺が、全部悪い。

「なつき……」

忘れないようにずっとくり返してきた名前が、ようやく顔と声を得た。だけど、俺と彼は相性が悪いみたいだ。きっと仲良くなんかなれないし、これきり会うこともないだろう。

それなのに、我ながら不思議だった。

あいつと再会したことを、俺は少しも後悔していなかった。


人生が一変したのは、そんなに遠い日じゃない。

改めて考えるとびっくりだけど、ほんの一、二ヶ月前のことだった。デパートの経営不振はその前から聞いていたのにも拘《かかわ》らず、まさか倒産するなんて思いもしなかった。

『ちょうど夏休みだし、私、大学を辞めます』

卒業まであとたった半年なのに、東京で独《ひと》り暮らしをしていた姉の由梨《ゆり》がそんなことを言い出した。世間知らずで呑気《のんき》だった俺にも、彼女の発言で事の重大さがひしひしと伝わってくる。後期の授業料も払い込んであるし、辞めたところで何もメリットはない。両親はそう言って反対したけど、姉が通っている女子大はお嬢様大学で有名で、何かにつけて寄付が必要になる。それに、正直な話、仕送りを続けるのが難しいのも事実だった。

『たった半年ってお父さんたちは言うけど、積み重なればけっこうな金額よ。それなら、早い内に見切りをつけた方がいいわ』

『でも、姉さん。勿体《もったい》ないよ。アルバイトで、生活費は何とかならないの』

『なるかもしれない。でも、当面は私の稼《かせ》いだお金を家のために使いたいの。大学にはいつでも行けるわ。だけど、両親は今支えないと取り返しがつかなくなるでしょう』

『だったら……』

だったら、俺も高校を辞める。

そう言いかけた言葉を、姉は無言で制した。信《のぶ》くんは家族の期待を背負ってるんだから、軽々しくそんなことを言ってはダメ。そう言われているのが、よくわかった。

敗北宣言をした父親のために、退学して実家に帰った姉は秘書代わりによく働いた。もともと、卒業したら地元に戻る約束だったらしい。予想外に運命が転がる中、これだけは予定通りだったわと笑う姿は身贔屓《びいき》なしに凛々《りり》しかった。

二学期が始まって、俺は仕方なく学校に通い続けた。実家の事情はクラスどころか学園全体に知れ渡っていたので周囲はぎこちなく気を遣《つか》ってくれたけれど、内心ではライバルの不幸に安堵《あんど》した奴らもいただろう。実際、はっきり言ってきた奴もいる。仙台行きは教師しか知らなかったが、どのみちすぐ消えるんだから、とムカつきもしなかった。

「……どうしようか」

あれから、何度かデパートには足を向けた。

でも、俺はなかなか屋上遊園地に行く勇気が出てこない。閉館まで見届けたいから、と我《わが》儘《まま》を言って転校を伸ばしてもらったんだし、目に焼き付けておきたい風景は幾らでもあったが、もしあいつが来ていたら……と思うと足が止まってしまう。

会ったら不愉快だ、とかいうんじゃない。どうせ、もう会わないに決まっている。だけど。

いなかったらどうしよう、と考える自分が嫌なんだ。

「あれ、安藤《あんどう》じゃないか？」

裏から入るかどうしようかぐずぐず迷っていたら、不意に背中を叩《たた》かれた。ぎくりとして振り返ると、東京の大学へ通っているはずの仲村《なかむら》先輩が笑っている。二歳年上の彼は、中学時代に入っていたカメラ部の部長だった人だ。文武両道のうえ陽気で面倒見が良くて、男女問わず校内の人気者だった。

「どうしたんだ、ボーッとこんなところに突っ立って」

「あ……お久しぶりです。先輩こそ、どうしたんですか。夏休み、もう終わりですよね」

「ああ、ウチは来週からなんだ。で、用事があって実家に……」

「………」

「おい、安藤。どうした、大丈夫か？」

先輩の声に、少し真剣味が増した。多分、彼もうちの噂《うわさ》を聞いているんだろう。黙っていたら余計な心配をかける、と思ったが、俺は上手にごまかすことができなかった。

みっともない。できることなら、すぐにこの場から駆け去ってしまいたい。

俺の頭は、そんな思いで一杯だった。父親が潰《つぶ》したデパートを、人目を避けて未練がましく眺《なが》めていた姿なんて誰にも見られたくなかったからだ。つまらない見栄だけれど、俺にはもう意地とプライドしか残っていなかった。

「すみません、失礼します」

表情が崩《くず》れる前に、と急いで一礼し、俺は仲村先輩を置いて走り出した。引き止める声はしなかったので、きっとわかってくれたんだろう。勝手だけど、話しかけたことで自分を責めなければいいなと思った。

走りながら、俺は何度もダメだと呟《つぶや》いた。

こんな日々を送りたくて、この街に残っているんじゃない。

ただ、あの空が見える場所を覚えておきたいだけなのに。

ぐるぐる回る頭の中で、俺は性懲《しょうこ》りもなくまた同じことを考える。

あいつは――もう来ないんだろうか。

週末になった。

あの後、仲村先輩から一度メールがきた。彼らしく内容は他愛もないもので、もし東京へ遊びに来ることがあったら声をかけろ、と書いてあった。

みんな優しいな、と思う。もちろん人の不幸は蜜《みつ》だとばかりに啜《すす》る連中はいるが、大概《たいがい》の人は俺たち家族にひどく親切だ。金策に駆け回る父親は別として、俺も母親も姉も気を遣われ、労《いた》わられている。

午後まで悩んでいたが、結局仲村先輩のメールに背中を押された。閉館まであと僅《わず》かしかないのに、一人で拗《す》ねていても無為に終わるだけだ。あいつが来ていなくたって、俺は自分の思い出を守ることくらいできる。思いがけず再会したせいで、そのことをちょっと忘れただけなんだから。

「少し出かけてくる。夜までには戻るから」

本人は元気だと言い張っているが、母親を闇の中で一人にはさせておけない。姉が戻ってきたお蔭でずいぶん違うが、彼女は今日も父親と飛び回っていた。

デパートは、今日も盛況のようだ。ほとんど投げ売りに近いんだから当然だった。活気に溢《あふ》れる店内を横目に、俺はひっそりと階段を登る。一段ずつ踏みしめるようにしながら、どうしてこんなにも屋上遊園地に固執するんだろうと思った。

『お母さんが、戻ってこないの？』

おそるおそる声をかけたのは、俺の方からだった。

いつもなら、「迷子みたいですよ」って係の人にすぐ教えに行く。生意気にもデパートの自警団気取りだったから、お父さんのデパートは僕が守る、とか大口を叩いて、勝手にパトロールをしていたことを後々よくからかわれた。

でも、あの時は少し違っていた。何故だか、あまり騒いではいけない気がしたのだ。大人を呼んで迷子の店内放送をしてもらって、迎えが来るまで何度も何度も呼びかける。そんな真似をしたら、あの子の母親は二度と迎えに来ないいんじゃないかと思った。

「は……」

ちょっとずつ、息が上がってきた。

自分の体力の無さに愕然《がくぜん》としつつ、嘆息して少し休む。高徳院《こうとくいん》に通い出してから、体育の時間以外でスポーツをしなかったことを今更悔やんだ。

「あと三階……」

大した段数でもないのに疲労するのは、気持ちが落ちているせいかもしれない。短期間でいろいろなことが起こりすぎて、自分がどこに立っているのかさえあやふやだった。前へ進めばいいのか、逃げ出した方が楽なのか。どれだけ考えても答えがわからない。

「なつき……」

無意識に、その名前を呼んでいた。なつき。屋上遊園地で捨てられかけた子ども。

「なつき……」

あれから、何かあれば屋上遊園地へ向かった。そうして、そのたびに『なつき』を思い出して、今はどんな風に成長しているんだろうと考えるのが癖《くせ》になった。あの子は、俺を覚えているだろうか。どこかで成長した俺を、想像しているだろうか。

ごめんね、と彼を抱き締《し》めて泣いていた女の人。

彼女が、何度もくり返したあの子の名前。それだけが、記憶を鮮《あざ》やかに留めていた。

——まさか、本当に会ってしまったなんて。

相性が悪いとか軽薄そうだとか、無理やり悪口を並べ立てたけど、そんなのが何の歯止めにもならないことを俺は知っていた。だって、ずっと覚えていたのはこっちだから。面影がどんなに変わろうと、そんなのは大した問題じゃない。

もし、もう一度あの場所で会えたら答えが見つかるかもしれない。

前へ進めばいいのか、逃げた方が楽なのか、それとも……。

「ぶつかって、傷ついてみればいいのか……」

独り言を漏《も》らしてから、くすりと笑みが零《こぼ》れた。白状すると、凄《すご》く久しぶりに笑った。

わかっている。あんな偶然は、二度は起こらない。

なつきには、多分もう一生会うことはない。

「だって、無くなっちゃうんだもんな」

眼鏡のフレームを押し上げ、これから毎日あの空を見に行こうと思った。

地上から消える、その日まで。


「やっぱ、侘《わび》しく今日も俺一人か」

岸川夏樹《きしかわなつき》は、陽の落ち始めた夕暮れに溜《た》め息を落とした。

眼鏡の彼と会った日から毎日通っているというのに、あれきり再会の気配もない。こんなことなら友達とカラオケに行って、素直に女の子とデュエットしていれば良かった。

「何、やってんだろうな、俺」

あ〜あ、と自分を憐《あわ》れみながら、それでもやっぱり明日も来るだろうと思う。

あの空が見える場所で、口の悪い優等生を待ちながら。

あとがき

こんにちは、神奈木です。年が明けて最初の一冊目『あの空が～』を読んでいただき、どうもありがとうございました。この作品は私には珍しい、歳月をまたいでの連作となっております。高校生編はずっと以前に雑誌コバルトに掲載されたものを全面加筆改稿し、社会人編は新たに書き下ろしました。その後の二人を書いたショートも新作です。出会ってから結ばれるまでとても時間のかかったカップルですが、特に前半は友情とも愛情ともつかない曖昧な二人がメインなので、書いている私も何とももどかしい気持ちでした。けれど、理屈ではなくたった一人にどうしようもなく惹かれていく、その純粋な無責任さは高校生ならではだなぁと思いますし、闇雲に心酔しちゃう幼さも私には心地好い青さでした。こちらは全体を水彩画のイメージで、淡くほの淋しい雰囲気を意識して書きました。

そうして一転して社会人編です。まだヒヨッコではありますが、主人公たちは学生ではなく働くお兄さんになっています。好きだ嫌いだ、で世界が終わるようなことはなく、それでも昔の恋には少年に逆戻りしてしまう矛盾を孕んだ大人です。こちらはガラリと雰囲気を変えて、暖色系の空気をイメージしました。どちらも夏樹視点ですが、トーンの違いはそのまま彼の内面の変化になっています。

やっと二人がくっついた後、それからどうしたストーリーが『メロンパンもぐ』です。雲バサミは私のオリジナルで、本当にこの世にあるかどうかは知りませんが、実際は刃の付け替えとか面倒じゃないかと実も蓋《ふた》もないことを考える。全体を通してお色気が少ないので、恋人同士の彼らならイチャイチャしてくれるんじゃないかと期待したら、ずいぶんと思惑と違う方向に膨《ふく》らんでしまいました。でも、童貞なのに意外とさばけている信久はけっこう好きかも。徐々に、夏樹を手のひらで転がすようになればいいと思うよ。

イラストは、乙女の夢そのものの絵を描かれる六芦《りくろ》かえで様です。六芦様の描かれるキャラは甘いのに清潔感があって、受けは綺麗で繊細で攻めはとにかくカッコいい！　お忙しい中、素敵な彼らを本当にどうもありがとうございました。高校生、社会人、どちらの二人もとっても理想的でした。また、担当様にも毎回ご迷惑をおかけしてすみません。これから一層気を引き締めて頑張りますので、どうぞよろしくご指導くださいませ。

そういえばゲラをやっていて気づいたのですが、メロンパンもぐ、名付け親は夏樹じゃないですよね。いや「もぐ」はともかく、メロンパンが。何か当然のように自分の話になっていますが、夏樹よ……。いつか、その点を思いきり信久にツッコまれるがいいよ。

個人的な近況も少し。何と、わたくし今年で作家生活二十周年となりました。まったく意識していなかったのですが、気がつけばそんな膨大な時間が過ぎていたとは。そんなわけで記念的な年の第一作がこの作品になることを大変嬉しく思います。何と言っても、高校生を書くのが大好きですから。そして、制服も大好きですから！　あまり力強く宣言すると危ない人になってしまいますが、とにかく我ながらよく走り続けてきたな、と思います。これも本を出してくださる出版社の皆さまと、読み支えてくださった読者さまのお蔭です。どれほど感謝を述べても足りません。ありがとうございました。

お仕事から離れた近況となると、情けないことにあまり書くことがありません（涙）。時間の使い方が、もっと上手くなりたいです。要するに、仕事三昧であんまり他の記憶がないのですね。とはいえ、こういう商売はインプット作業がかなり大事ですので、性懲りもなく今年の目標もあれこれ立ててみました。振り返れば昨年の目標は何一つ達成できず、不完全燃焼な年の瀬だったので、もうちょっと己にシビアでありたいと思いました。

当面の目標はコメントにも書いた長唄の上達ですが、締め切りの前はお休みすることが多かったので、まずはこちらを改善していかねば。習い事っていろいろ憧れるんですが、もし次に何か習うとしたら今度は身体を動かす系を狙ってみたいと思います。あ、一応マンツーマンのストレッチは通っているのですが、こちらも一年で済むコースがお休みのせいで二年かかったという……情けなや。

あ、でも特筆すべきこともありました。ようやく歯の矯正が完全に終了しそうです。そうは言ってもまだまだ歯医者さんにはお世話になる予定があるのですが、何しろ三年はかかりましたから解放感で一杯なのでした。

次回のルチル文庫さんは、ちょっとお待たせしてしまった仇花シリーズです。少し間が空いてしまいましたが、ぜひ読んでやってくださいね。佳雨たちの物語も、少しずつ佳境を迎えてまいりました。また気合いを入れてお届けしたいと思います。

ではでは、またの機会にお会いいたしましょう――。

神奈木　智拝

https://twitter.com/skannagi（ツイッター）http://blog.40winks-sk.net/（ブログ）

✦初出　あの空が眠る頃…………コバルト2003年号10月号
あの空が眠る頃・8Years after…………書き下ろし
メロンパンもぐ…………書き下ろし
Monologue…………書き下ろし

神奈木智先生、六芦かえで先生へのお便り、本作品に関するご意見、ご感想などは
〒151-0051 東京都渋谷区千駄ヶ谷 4-9-7
幻冬舎コミックス　ルチル文庫「あの空が眠る頃」係まで。

幻冬舎ルチル文庫

あの空が眠る頃

2014年1月20日　第1刷発行

✦著者　神奈木 智　かんなぎ さとる

✦発行人　伊藤嘉彦

✦発行元　株式会社 幻冬舎コミックス
〒151-0051 東京都渋谷区千駄ヶ谷 4-9-7
電話 03(5411)6431[編集]

✦発売元　株式会社 幻冬舎
〒151-0051 東京都渋谷区千駄ヶ谷 4-9-7
電話 03(5411)6222[営業]
振替 00120-8-767643

✦印刷・製本所　中央精版印刷株式会社

✦検印廃止

ISBN978-4-344-83031-8　C0193　Printed in Japan